मैं भगत सिंह बोल रहा हूँ

इस श्रृंखला की पुस्तकें

मैं भगत सिंह बोल रहा हूँ

सं. अनिल कुमार

प्रकाशक

प्रभात प्रकाशन प्रा. लि.

4/19 आसफ अली रोड, नई दिल्ली–110002

फोन : 011–23289777 • हेल्पलाइन नं. : 7827007777

इ–मेल : prabhatbooks@gmail.com ❖ वेब ठिकाना : www.prabhatbooks.com

संस्करण

2026

पेपरबैक मूल्य

तीन सौ रुपए

मुद्रक

नरुला प्रिंटर्स, दिल्ली

★

MAIN BHAGAT SINGH BOL RAHA HOON
(Thus Spake Bhagat Singh)
Ed. Shri Anil Kumar

Published by **PRABHAT PRAKASHAN PVT. LTD.**
4/19 Asaf Ali Road, New Delhi-110002

ISBN 978-93-5048-070-0

₹ 300.00 (PB)

अपनी बात

क्रांति का अर्थ है—महान् परिवर्तन। यह परिवर्तन राज्य, समाज और चिंतन के क्षेत्र में हो सकता है। आवश्यक नहीं कि परिवर्तन हिंसा अथवा बल-प्रयोग द्वारा ही हो। आधुनिक काल में अमेरिका, फ्रांस और रूस की तीन बड़ी क्रांतियाँ हुई हैं।

भगत सिंह के पूर्वज संधू जाट थे। अठारहवीं सदी के पूर्वार्द्ध में वे लाहौर के निकट नरली नामक एक छोटे से गाँव में रहते थे। सरदार अजीत सिंह की आत्मकथा में बताया गया है कि भगत सिंह के पूर्वजों का परिवार किन परिस्थितियों में नरली से जालंधर जिले के खटकड़ कलाँ गाँव में, जो फगवाड़ा रेलवे स्टेशन से तीस किलोमीटर की दूरी पर है, चला गया था। इस विवरण के अनुसार नरली का एक तरुण सिख हरिद्वार जा रहा था। रास्ते में उसने गढ़ कलाँ नामक छोटे से किले में रात्रि-विश्राम के लिए शरण ली। किलेदार उससे इतना प्रभावित हो गया कि उसने अपनी कन्या का विवाह उस तरुण सिख से कर दिया और दहेज में गढ़ कलाँ का किला भी उसे दे दिया। उसके बाद तरुण सिख वहीं बस गया।

उन्नीसवीं शताब्दी के पूर्वार्द्ध में परिवार के कुछ सदस्यों ने महाराजा रणजीत सिंह की सेना में काम किया। सन् 1845 में भगत सिंह के

एक पूर्वज ने मुडकी, अलीवाल और समरावन की लड़ाइयों में वीरतापूर्वक अंग्रेजों से युद्ध किया था। उन्होंने 1857 के क्रांति-युद्ध में भी अंग्रेजों का साथ नहीं दिया था। उनकी जमीन-जायदाद जब्त कर ली गई, लेकिन वे देश के प्रति वफादार बने रहे। भगत सिंह के पूर्वजों पर गुरु गोविंद सिंह के बलिदानों का भारी असर था। भगत सिंह के दादा सरदार अर्जुन सिंह उर्दू, फारसी, पंजाबी, हिंदी और संस्कृत के ज्ञाता और आर्य समाज के अनुयायी थे। उन्होंने सन् 1893 में कांग्रेस के लाहौर अधिवेशन में भाग लिया था तथा इस अधिवेशन की अध्यक्षता की थी।

उन्नीसवीं सदी के अंतिम दो दशकों में सरकार ने लायलपुर, शेखूपुरा, सरगोधा, मोटगोमरी और मुल्तान जिलों में कई नहरों का निर्माण किया था। बीसवीं सदी के पहले दशक में लायलपुर जिले को नहरी क्षेत्र में घोषित कर दिया। सरकार ने दोआब —(सतलुज और व्यास नदी के बीच का क्षेत्र) के लोगों को नहरी क्षेत्र में आकर बसने का न्योता दिया। सरदार अर्जुन सिंह सन् 1880 में लायलपुर जिले के बंगा नामक गाँव में बस गए। बंगा में उन्होंने एक गुरुद्वारे में एक कुएँ तथा एक सराय का निर्माण किया।

अर्जुन सिंह के तीन बेटे थे—किशन सिंह, अजीत सिंह और स्वर्ण सिंह। किशन सिंह का जन्म सन् 1878 में खटकड़ कलाँ में हुआ था। शुरू में उनका नाम गोविंद सिंह था। बाद में उनका नाम बदलकर किशन सिंह रख दिया गया। किशन सिंह पर आर्य समाज के एक प्रसिद्ध कार्यकर्ता लाला सुंदर दास का प्रभाव पड़ा था। किशन सिंह ने लाहौर की एक व्यापारिक कंपनी में नौकरी की। वे सामाजिक सेवा का कार्य भी करते रहे और राजनीति में भी भाग लिया।

किशन सिंह तथा अजीत सिंह दोनों भाइयों ने मिलकर 'भारतमाता' नामक मासिक पत्र प्रकाशित किया और अंजुमनी मुहिस्बानी —(देशभक्तों का संघ) नामक संस्था का गठन किया। अजीत सिंह की प्रेरणा से किसानों ने सरकार को लगान देना बंद कर दिया। इसी बीच सूफी अंबा प्रसाद भी संयुक्त प्रांत से पंजाब आ गए और अजीत सिंह के साथ मिलकर काम करने लगे। उन्होंने 'पेशवा' तथा 'स्वराज' नामक पत्र निकालने प्रारंभ किए। मई, 1907 में अजीत सिंह तथा लाला लाजपत राय को गिरफ्तार कर बर्मा की मांडले जेल में भेज दिया गया।

सितंबर, 1909 में अजीत सिंह जेल से छूटकर स्वदेश लौटे और फिर से देशभक्ति के कामों में जुट गए। सरकार उन्हें दोबारा गिरफ्तार करना चाहती थी, इसलिए वे पंजाब छोड़कर काबुल के रास्ते से फारस चले गए। किशन सिंह को दस महीने का कारावास हो गया। अजीत सिंह दो साल तक फारस में रहे। इसके बाद वे जर्मनी चले गए। पेरिस में उन्होंने मैडम कामा तथा अन्य क्रांतिकारी नेताओं से भेंट की। अजीत सिंह करीब 18 वर्ष, सन् 1914 से 1932 तक ब्राजील में रहे। द्वितीय विश्वयुद्ध के दौरान वे इटली में थे। सन् 1946 में वे जवाहर लाल नेहरू के प्रयत्नों से भारत लौटे तथा 15 अगस्त, 1947 को उनकी मृत्यु हो गई। अजीत सिंह के छोटे भाई स्वर्ण सिंह को सन् 1909 में सरकार ने गिरफ्तार कर लिया। लाहौर के केंद्रीय कारावास में उन्हें इतनी कठोर यातनाएँ दी गईं कि सन् 1910 में 23 वर्ष की आयु में यक्ष्मा से उनकी मृत्यु हो गई।

27 सितंबर, 1907 को जन्मे भगत सिंह का भारत के क्रांतिकारी आंदोलन के इतिहास में सबसे ऊँचा स्थान है। उन्हें 'शहीद-ए-आजम'

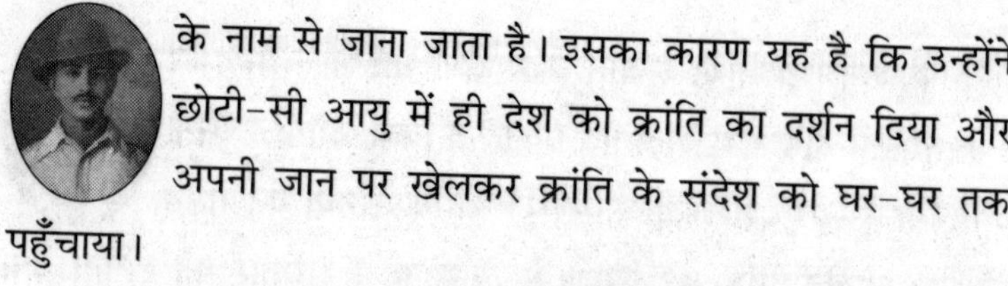

के नाम से जाना जाता है। इसका कारण यह है कि उन्होंने छोटी-सी आयु में ही देश को क्रांति का दर्शन दिया और अपनी जान पर खेलकर क्रांति के संदेश को घर-घर तक पहुँचाया।

भगत सिंह केवल दार्शनिक अथवा कोरे विचारक नहीं थे। वे मुख्यतः कर्मयोगी थे। उनका मार्ग क्रांति और बलिदान का था। इस माध्यम से वे जनता के बीच क्रांति की भावना पैदा करना तथा विदेशी शासन का अंत करने के पश्चात् समाजवाद के आधार पर एक ऐसी समाज व्यवस्था का गठन करना चाहते थे, जिसमें व्यक्ति-का-व्यक्ति के द्वारा शोषण न हो और प्रत्येक व्यक्ति की बुनियादी आवश्यकताएँ पूरी हों और उसे अपने विकास का पूरा अवसर मिले। भगत सिंह की संपूर्ण विचारधारा मुख्यतः 'क्रांति' और 'समाजवाद' इन दो शब्दों के इर्द-गिर्द घूमती है।

भगत सिंह के व्यक्तित्व की एक प्रमुख विशेषता थी उनका साहित्य-प्रेम। उन्होंने सन् 1923 में, जब उनकी आयु 16 वर्ष की थी, 'पंजाब की भाषा और लिपि की समस्या' के विषय में एक लेख लिखा था। उन्होंने लेख के आरंभ में ही यह उद्धरण दिया था, 'किसी समाज अथवा देश को पहचानने के लिए उस समाज अथवा देश के साहित्य से परिचित होने की परम आवश्यकता होती है, क्योंकि समाज के प्राणों की चेतना उस समाज के साहित्य में भी प्रतिच्छवित हुआ करती है।'

भगत सिंह मानते थे कि जिस देश के साहित्य का प्रवाह जिस ओर बहा, ठीक उसी ओर वह देश भी अग्रसर होता रहा। किसी भी जाति के उत्थान के लिए ऊँचे साहित्य की आवश्यकता हुआ करती है। ज्यों-ज्यों देश का साहित्य उत्कृष्ट होता जाता है, त्यों-त्यों देश भी

उन्नति करता जाता है। देशभक्त चाहे वे निरे समाज-सुधारक हों अथवा राजनीतिक नेता, सबसे अधिक ध्यान देश के साहित्य की ओर दिया करते हैं। यदि वे सामाजिक समस्याओं तथा परिस्थितियों के अनुसार नवीन साहित्य का सृजन न करें, तो उनके सब प्रयत्न निष्फल हो जाएँ।

भगत सिंह ने इटली के पुनरुत्थान में मेजिनी के साहित्यिक अवदान, आयरलैंड के नवजागरण में मौलिक भाषा की भूमिका, फ्रांस की राज्य-क्रांति में रूसो और वाल्टेयर की देन और रूस की जन-क्रांति में टॉलस्टॉय, कार्ल मार्क्स तथा मैक्सिम गोर्की के योगदान की सहराहना की है। भगत सिंह के अनुसार कबीर ने मध्यकाल के भक्ति आंदोलन को स्थाई आधार दिया। उन्होंने गुरु नानक, गुरु अंगद देव, भाई गुरुदास, गुरु तेग बहादुर और गुरु गोविंद सिंह के काव्य के अनेक उद्धरण देकर यह सिद्ध किया है कि उनके काव्य ने बदलती हुई सामाजिक परिस्थितियों के अनुसार लोगों को प्रेरणा प्रदान की।

भगत सिंह ने जनवरी, 1931 में अपने मित्र लाला रामसरन दास की पुस्तक 'ड्रीपलैंड' की भूमिका लिखी थी। इस भूमिका में भगत सिंह ने हिंसा, अहिंसा, ईश्वर, धर्म तथा इसी प्रकार के कई अन्य महत्वपूर्ण प्रश्नों पर विचार व्यक्त किए थे। भगत सिंह के साहित्यिक-प्रेम का सबसे बड़ा उदाहरण उनकी जेल डायरी है। भगत सिंह ने इस डायरी में कई कवियों उमर खय्याम, जेम्स रसेल, लावेल टॉमस ग्रे, वॉल्ट व्हिट्मेन, वड्र्सवर्थ, लार्ड टेनीसन, कैम्पवेल, बायरन, मोरोजोन तथा चार्ल्स मेक़र की कुछ वरेण्य कविताओं के उद्धरण अंकित किए हैं। शिव वर्मा ने भगत सिंह द्वारा जेल में अपने अंतिम व असमाप्य दिनों में चार पुस्तकों के लिखे जाने की चर्चा की है। ये पुस्तकें जेल

से बाहर तो भेज दी गईं, किंतु दुर्भाग्य से सन् 1942 के आंदोलन के दौरान खो गईं। ये किताबें थीं—

1. समाजवाद का आदर्श।
2. आत्मरक्षा।
3. भारत के क्रांतिकारी आंदोलन का इतिहास।
4. मृत्यु के द्वार पर।

इस विषय में भगत सिंह के छोटे भाई स्व. कुलबीर सिंह के पुत्र श्री बाबर सिंह से संपर्क कर जानकारी चाही तो उन्होंने भी यही बताया कि उस समय जो आंदोलन भड़क रहा था, उस समय हालात ऐसे बन गए थे कि इन चारों पुस्तकों को चाहकर भी बचा नहीं पाए। भगत सिंह का पुस्तक प्रेम दीवानगी की हद तक था। फाँसी के तख्ते पर जाने से पहले भगत सिंह लेनिन की जीवनी पढ़ रहे थे।

भगत सिंह उद्‌देश्यवादी लेखक थे। उनका हर कदम, हर एक काम उद्‌देश्य के लिए समर्पित था। वह उद्‌देश्य था—जनता को क्रांति के लिए तैयार करना। उनके लेखन का उद्‌देश्य भी यही था। अपने उद्‌देश्य की पूर्ति के लिए अपने कार्य को वे तीन भागों में बाँटते थे। यह उनके लेखों को पढ़ने से ज्ञात होता है।

पहला भाग था, जनता के सोये दिमागों पर हलकी चोट देकर उन्हें जगाना, दूसरा भाग था, जनता को जानकारी देना और तीसरा भाग था, जनता को प्रेरणा देना कि जो कुछ दूसरों ने किया, वह तुम भी कर सकते हो। यदि भगत सिंह जीवित रहते तो वे अपनी कलम को और भी माँजते, क्योंकि किसी काम में पूरी तरह डूबना उनका स्वभाव था। तब वे एक शैलीकार लेखक के रूप में अमरता प्राप्त करते, पर नियति ने उन्हें लेखक होकर जीने के लिए नहीं, मरकर लेखों और लेखकों

का चिंतन विषय बनने के लिए बनाया था।

भगत सिंह सूक्तियों के भंडार थे। उन्हें आदत थी कि पढ़ते समय जो विचार उन्हें पसंद आते थे, उन्हें वे कंठस्थ कर लेते थे और स्मृति के सहारे ही जगह-जगह उन्हें जड़ते रहते थे। ये सूक्तियाँ उनके लेखों को भी सौंदर्य देती थीं और बातचीत को भी। ये सूक्तियाँ गद्य की भी होती थीं और पद्य की भी। उनकी स्मृति एक और रूप में भी उनके लेखन को बल देती थी। वे अपने विषय की दूर-दूर फैली सामग्री को ध्यान में रखते थे और समय पर उसे परखकर प्रयोग करते थे। लेखक के साथ उनमें पत्रकारिता के भी गुण थे। वीर-अर्जुन के संपादन में उनके साथी श्री दीनानाथ सिद्धांतालंकार ने लिखा है कि उनमें समाचार-संपादन की अपूर्व क्षमता थी। वे समाचार की आत्मा को पहचानते थे और उसे इस तरह प्रस्तुत करते थे कि वह आत्मा सामने आ जाए। यदि उस समाचार के पीछे कोई इतिहास होता, तो वे उसे लेख का रूप दे देते। भगत सिंह के लिए अध्ययन एक पुकार थी, जो उनके दिमाग के गलियारों में गूँजती रहती थी। यह उन्हें शत्रु के तर्कों का मुकाबला करने में सक्षम बनाने वाली चीज थी। क्रांति के अपने मकसद के लिए उन्हें तर्कों से लैस करने और भारत में व्यवस्था-परिवर्तन का रास्ता बताने का साधन थी। उन्होंने स्वयं को मार्क्सवाद, साम्यवाद और क्रांतिकारी दर्शन में शिक्षित किया था। इससे उन्हें जीवन का एक अलग नजरिया मिला था।

मुख्य जेल वार्डन चरत सिंह उनके प्रति सदाशयी था। वह, वे तमाम किताबें, जो भगत सिंह पढ़ना चाहते थे, चोरी से उन तक पहुँचा देता था। यह सारा मार्क्सवादी साहित्य होता था, जिस पर सरकार की कठोर पाबंदी थी। फिर भी वे यह सब शब्दशः पढ़ते थे। मार्क्स, लेनिन

और रूस के बारे में किताबें उन तक पहँचती ही थीं कि वे उन्हें पढ़कर अन्य किताबें भेजने की माँग करते। स्थानीय द्वारका दास लाइब्रेरी, जिसकी स्थापना एक प्रगतिशील राष्ट्रवादी ने की थी, से प्राप्त होने वाली किताबों की गुपचुप आपूर्ति उनकी पढ़ने की गति से मेल नहीं खा पाती थी। किताबों के बारे में उनकी उत्सुकता का अंदाजा, अपने स्कूल के साथी जयदेव को भेजी इस सूची से लगता है—मिलिट्रिज्म, कार्ल लिब्नेरवात, लेफ्ट विंग कम्युनिज्म, व्हाइ मैन फाइट—(बर्ट्रेंड रसेल), लैंड रेवोल्यूशन इन रशिया और स्पाई —(अप्टान सिंक्लेयर)।

भगत सिंह का मार्ग क्रांति तथा बलिदान का था। भगत सिंह के चिंतन पर मुख्यतः समाजवादी विचारकों, पाश्चात्य क्रांतिकारियों, समसामयिक विचारकों तथा भारतीय क्रांतिकारियों का प्रभाव पड़ा था। सन् 1917 के बाद साम्यवादी रूस की उपलब्धियों से भी वे प्रभावित हुए थे। भगत सिंह वैज्ञानिक समाजवाद के समर्थक थे। उन्होंने धर्म के उदात्त स्वरूप की प्रायः उपेक्षा की है। भारत की सुदीर्घ दार्शनिक परंपरा से उनका विशेष परिचय नहीं है। उनकी ईश्वर, पुनर्जन्म, स्वर्ग-नरक, नियति, आत्मा की अमरता जैसी संकल्पनाओं में आस्था नहीं है। उन्होंने मार्क्स की अवधारणा के आधार पर धर्म को अफीम की तरह माना है। भगत सिंह की क्रांतियों के इतिहास में विशेष रुचि थी। वे डार्विन के विकासवादी सिद्धांत के समर्थक थे। उन्होंने भारत में ब्रिटिश शासन के अनैतिक स्वरूप को पहचाना था। उन्होंने पंजाब के स्वाधीनता-आंदोलन का तटस्थ विश्लेषण किया था। क्रांतिकारी होते हुए भी भगत सिंह मानव-जीवन को पवित्र मानते थे। उन्हें क्रांति की खातिर मानव-रक्त बहाना पड़ा, इस पर उन्हें दुःख था। वे मानते थे कि क्रांति में न चाहते

हुए भी कुछ व्यक्तियों का बलिदान आवश्यक हो जाता है। भगत सिंह सामाजिक और आर्थिक विषमताओं को सभ्यता के लिए घातक समझते थे। उनका विचार था कि ये विषमताएँ समाज में अराजकता को जन्म दे सकती हैं। भगत सिंह समाज को समाजवादी आधार पर पुनर्गठित करना चाहते थे। वे मानते थे कि जब तक एक मनुष्य द्वारा दूसरे मनुष्य का तथा एक राष्ट्र द्वारा दूसरे राष्ट्र का शोषण होता रहेगा, तब तक समाज में शांति स्थापित नहीं हो सकेगी। उनकी मार्क्स की शिक्षाओं में आस्था थी। भगत सिंह क्रांति के उपासक थे। उन्होंने देश को 'इनकलाब जिंदाबाद' का नारा दिया था।

भगत सिंह तथा उनके साथियों से अंग्रेज सरकार बुरी तरह भयभीत थी। सरकार ने मुकदमे का फैसला किया था कि भगत सिंह, सुखदेव और राजगुरु को 24 मार्च, 1931 की फाँसी दी जाएगी। बाद में फाँसी की तारीख बदलकर 23 मार्च, 1931 कर दी गई। सरकार ने भगत सिंह, सुखदेव और राजगुरु के रिश्तेदारों को सूचना दी कि वे 23 मार्च को सुबह दस बजे जेल सुपरिंटेंडेंट से मिल लें। ये लोग नियत समय पर जेल पहुँच गए, लेकिन उन्हें भेंट करने की अनुमति नहीं दी गई। शाम को चार बजे सभी राजनीतिक कैदियों को उनकी कोठरियों में बंद कर दिया गया। फाँसी के दो घंटे पहले वकील प्राणनाथ मेहता को भगत सिंह से भेंट करने की अनुमति दी गई। मेहता ने भगत सिंह को लेनिन की जीवनी दी और उनसे राष्ट्र के नाम संदेश देने को कहा। भगत सिंह ने दो संदेश दिए—'साम्राज्यवाद का नाश हो' तथा 'इनकलाब जिंदाबाद'। मेहता ने भगत सिंह से उनकी अंतिम इच्छा के बारे में जानना चाहा। भगत सिंह का जवाब था, "मैं इस देश में फिर से जन्म लेना चाहता हूँ जिससे इसकी सेवा कर सकूँ।" भगत सिंह ने मेहता

से यह भी कहा कि वे जवाहर लाल नेहरू तथा सुभाष चंद्र बोस को धन्यवाद दे दें। दोनों ही नेताओं ने उनके मुकदमे में दिलचस्पी ली है। मेहता के जाने के बाद जेल अधिकारियों ने तीनों क्रांतिकारियों को सूचना दी कि उन्हें 24 मार्च को सुबह छह बजे फाँसी न देकर 23 मार्च को ही शाम को सात बजे फाँसी दे दी जाएगी। भगत सिंह लेनिन की जीवनी के कुछ ही पृष्ठ पढ़ पाए थे। "क्या आप मुझे एक अध्याय खत्म करने की इजाजत देंगे?" उन्होंने पूछा। जवाब देने की बजाय उन्हें फाँसी-स्थल की ओर चलने को कहा गया। तीनों ने बाँहें फैलाकर एक-दूसरे को बाँध लिया और संतरी के पीछे-पीछे-फाँसी स्थल की ओर बढ़ चले। वे अपना प्रिय क्रांतिकारी गीत गा रहे थे—

'कभी वो दिन भी आएगा
कि जब आजाद हम होंगे
यह अपनी ही जमीं होगी
यह अपना आसमाँ होगा
शहीदों की चिताओं पर
लगेंगे हर बरस मेले
वतन पर मरने वालों का
यही नामो-निशां होगा।'

बारी-बारी से उनका वजन लिया गया। तीनों का वजन बढ़ा हुआ था। उन्हें नहाने को कहा गया। इसके बाद काला लबादा उन पर डाल दिया गया, परंतु उन्होंने चेहरे नहीं ढके। चरत सिंह ने भगत सिंह के कानों में फुसफुसाकर वाहे-गुरु से प्रार्थना करने को कहा। वे हँसे और बोले, "सारी जिदंगी तो मैंने कभी प्रार्थना नहीं की। सच तो यह है कि

बहुत बार गरीबों के दुःख देखकर मैंने ईश्वर को गालियाँ दी हैं। अब अगर में उससे क्षमा माँगूगा तो वह कहेगा कि यह एक बुजदिल है, जो अपना अंत देखकर माफी माँग रहा है।''

भगत सिंह ने ऊँची आवाज में एक छोटा सा भाषण दिया, जिसे अन्य कैदी सुन सकें—''असली क्रांतिकारी सेनाएँ गाँव और कारखानों में काम कर रहे किसान और मजदूर हैं। मगर हमारे उच्चवर्गीय नेता न तो उन्हें साथ ले सकते हैं और न ही लेने का साहस करेंगे। सोया हुआ शेर एक बार अपनी नींद से जागने के बाद-हमारे नेता जिस लक्ष्य को लेकर साथ चल रहे हैं, उसकी प्राप्ति के बाद भी—वह काबू में नहीं आएगा।''

''अब मैं आसान तरह से बात रखने की इजाजत चाहूँगा। आप नारा लगाते हैं इनकलाब जिंदाबाद। मैं यह मानकर चल रहा हूँ कि आप वास्तव में ऐसा ही चाहते हैं। इस शब्द से हमारा आशय, जो कि असेंबली-बम केस में अपने बयान में भी हमने कहा था, वह है—मौजूदा सामाजिक व्यवस्था को खत्म कर उसकी जगह समाजवादी व्यवस्था की स्थापना···इस लक्ष्य के लिए हमें सरकार के तंत्र पर कब्जे के लिए संघर्ष करना है। साथ-साथ हमें जनता को शिक्षित करना तथा अपने सामाजिक उद्‌देश्यों के लिए अनुकूल वातावरण का निर्माण करना होगा। संघर्षों में हमें उन्हें बेहतरीन शिक्षा व प्रशिक्षण देना होगा।''

''सर्वप्रथम अपने निजीपन को खत्म करें। व्यक्तिगत आराम के सपनों को छोड़ दें, फिर काम शुरू करें। इंच-इंच आगे बढ़ना होगा। इसके लिए साहस, दृढ़ता और मजबूत संकल्प चाहिए। कोई भी मुश्किल या कठिनाई आपको रास्ते से डिगाए नहीं। कोई विफलता या विश्वासघात

दिल न तोड़े। पीड़ा और बलिदान से गुजरकर आपको विजय प्राप्त होगी। ये व्यक्तिगत जीतें क्रांति की बहुमूल्य संपदा बनेंगी…''

जेल के घंटे ने जब छह बजाए तो कुछ दूरी से दबी आवाजें, बूटों की थाप और परिचित गीत 'सरफरोशी की तमन्ना अब हमारे दिल में है' की गूँज सुनाई पड़ी। इसके बाद 'माए रंग दे वसंती चोला' का स्वर सुनाई देने लगा। फिर तेज आवाज में—'इनकलाब जिंदाबाद' और 'हिंदुस्तान आजाद हो' के नारे गूँजने लगे। कैदियों ने भी नारे लगाये। उनके जवाबी नारों की गूँज आसमान में गूँजने लगी। फाँसी का मचान पुराना था। तीनों साथी एक-दूसरे से आखिरी बार गले मिले। तीनों लकड़ी के अलग-अलग तख्तों पर खड़े थे। तीनों की गरदन के चारों ओर फंदा कस दिया गया। उन्होंने फंदे को चूमा, उनके हाथ और पैर बाँध दिए गए। जल्लाद ने रस्सी खींचकर उनके पैरों के नीचे से पटरा खिसका दिया। बेजान ढीले पड़े शरीर काफी देर तक वहाँ झूलते रहे। फिर उन्हें नीचे उतारा गया। डॉक्टर ने उनकी जाँच की और उन्हें मृत घोषित कर दिया। एक जेल अधिकारी उनके साहस से इतना प्रभावित हुआ कि उसने मृतकों की शिनाख्त के आदेश का पालन करने से इनकार कर दिया। उसे वहीं पर निलंबित कर दिया गया। उसकी जगह एक कनिष्ठ अधिकारी ने यह कार्य पूरा किया। दो अंग्रेज अधिकारियों, जिनमें से एक जेल सुपरिंटेंडेंट था, ने फाँसी अपनी देखरेख में कराई तथा उनकी मृत्यु को सत्यापित किया। अब पूरी तरह से खामोशी थी। फाँसी के काफी देर बाद चरत सिंह आया और उसकी आँखों से आँसू बह निकले। उसने कहा कि तीस साल की नौकरी के दौरान उसने ढेरों फाँसियाँ देखी हैं, मगर आज तक कोई इतनी बहादुरी से,

मुस्कराते हुए तख्ते पर नहीं चढ़ा, जिस तरह से ये तीनों चढ़े। राष्ट्र के तीन फूल तोड़कर कुचल डाले गए। तीनों के शव फर्श पर पड़े हुए थे। जीते जी तो अंग्रेज सरकार इनसे भयभीत थी ही, अब प्राणांत के बाद भी सरकार का डर कम नहीं हुआ था। जेल के बाहर पूरा शहर उमड़ा हुआ था। और वे इंतजार कर रहे थे कि कब उन्हें इन तीनों के शव प्राप्त हों। दूसरी तरफ जेल अधिकारियों के सामने इन शवों से छुटकारा पाने की समस्या थी। अधिकारियों का विचार था कि इनका अंतिम संस्कार जेल के भीतर ही कर दिया जाए, परंतु अधिकारियों ने इस विचार को इसलिए छोड़ दिया, कहीं धुआँ उठने या आग की चमक देखकर जनता जेल पर हमला न कर दे। अधिकारियों ने जेल के पीछे की दीवार का एक हिस्सा तुड़वाया और जब अँधेरा हो गया तो वहाँ एक ट्रक मँगवाकर उसमें तीनों के शवों को सामान की तरह फेंक दिया। शवों को रावी के किनारे ले जाया गया। मगर नदी में पानी बहुत उथला था, तब सतलुज जाने का फैसला लिया गया। गोरे सिपाही ट्रक के साथ-साथ फिरोजपुर-सतलुज तक गए। वहाँ उन्होंने जल्दी-जल्दी मिट्‌टी का तेल डाल इन शवों को आग लगा दी। आसपास के गाँवों और गंधासिंह वाला गाँव के लोगों ने जलती चिता देख ली और दौड़कर वहाँ आ गए। सिपाही लाशों को छोड़ अपनी जान बचाकर वहाँ से भागे और सीधे लाहौर पहुँचे। गाँववालों ने तीनों शहीदों के अवशेष श्रद्धापूर्वक उठा लिए। इसकी खबर जंगल की आग की तरह लाहौर और पंजाब के दूसरे शहरों में फैल गई। सारी रात सड़कों पर 'इनकलाब जिंदाबाद' और 'भगत सिंह जिंदाबाद' के नारे लगते रहे। शहर भर में हड़ताल हुई, सभी दुकानें बंद कर दी गईं, गवर्नमेंट कॉलेज को छोड़कर सभी स्कूल-

कॉलेज बंद हो गए। सरकारी भवनों और सिविल लाइंस, जहाँ अधिकारियों के निवास थे, वहाँ पुलिस तैनात कर दी गई। दोपहर के आसपास जिला मजिस्ट्रेट द्वारा हस्ताक्षरित नोटिस लाहौर के विभिन्न इलाकों में चिपकाकर यह घोषणा की गई कि भगत सिंह, सुखदेव और राजगुरु के शवों का अंतिम संस्कार सतलुज नदी के किनारे पूर्ण रीति-रिवाजों के अनुसार कर दिया गया। अनेक सभाओं में शवों का संस्कार समुचित ढंग से न करने का आरोप लगाया गया। मजिस्ट्रेट ने इसका प्रतिवाद जारी किया, लेकिन उसे किसी ने नहीं माना।

इसी बीच तीनों के अवशेष लाहौर पहुँच गए। एक शोक जुलूस, जहाँ सांडर्स मारा गया था, उसके करीब नीला गुंबद से शुरू हुआ। हजारों हिंदू, मुसलिम और सिख तीन मील लंबे इस जुलूस में शामिल थे। बहुत से पुरुषों ने काली पट्टी बाँधी हुई थी और औरतों ने काली साड़ी पहनी हुई थी। जुलूस में 'इनकलाब जिंदाबाद' और 'भगत सिंह जिंदाबाद' जैसे नारे लग रहे थे। माल से गुजरते हुए जुलूस अनारकली बाजार के बीच रुका। भीड़ में यह घोषणा सुनकर चुप्पी छा गई कि भगत सिंह की बहनें तीनों शहीदों के अवशेष लेकर फिरोजपुर से लाहौर पहुँच गई हैं।

तीन घंटे बाद फूलों से लदी तीन अर्थियाँ और उनके पीछे-पीछे भगत सिंह के माता-पिता जुलूस में शामिल हो गए। लोग खुलेआम रो रहे थे जिसका क्रंदन आकाश को छू रहा था। जुलूस रावी के तट पर पहुँचा, जहाँ 24 घंटे पहले अधिकारियों ने गुपचुप तरीके से अंत्येष्टि करनी चाही थी। लाहौर में एक विशाल जनसभा हुई, जिसमें फाँसी की भर्त्सना की गई और इसे गैरकानूनी ठहराया गया। जिस तरह से

अधिकारियों ने शवों को अपमानजनक तरीके से नष्ट करना चाहा था, उसकी निंदा की गई। एक उर्दू दैनिक के प्रसिद्ध संपादक मौलाना जफर अली खान ने एक नज्म पढ़ी, जिसमें खुले आकाश के नीचे पड़े मृत शरीरों को भस्म करने का जिक्र था। जैसे-जैसे फाँसी की खबर फैली, पूरा राष्ट्र शोक में डूब गया। लोगों ने अपने कारोबार बंद कर दिए और जुलूसों में उमड़ पड़े और अंग्रेज डर के मारे घरों में दुबके पड़े थे।

क्रांति के प्रतीक भगत सिंह के बलिदान पर चारों तरफ से लोगों की शोक संवेदनाएँ आने लगीं, जिनमें कुछ खास व्यक्तियों के विचार देना यहाँ उचित होगा—

दुर्गा भाभी—"उसने एक बार तो ब्रिटिश साम्राज्यवाद की जड़ें हिला दी थीं और उसे प्रतिहिंसा की भावना से पीड़ित अंग्रेजों ने हिंदुस्तानियों के हाथों से ही फाँसी के तख्ते पर लटकवाकर अपने प्रतिकार की प्यास बुझाई थी। भगत सिंह की वह मृत्यु वास्तव में उसका पार्थिव अंत था, पर देश ने सचमुच उसी दिन भगत सिंह को जन्म दिया था। मेरा पूर्ण विश्वास है कि आज नहीं तो कल समय आएगा जब घर-घर में भगत सिंह की लोरियाँ गाई और बच्चों को सुनाई जाएँगी।"

"भगत सिंह देश की आजादी का चमकता परवाना केवल इसलिए नहीं बना था कि उसने देशभक्ति की भावना अपनी विरासत में पाई थी। भगत सिंह का अपना निखरा हुआ, मँजा हुआ व्यक्तित्व था, जो सर्वदा उसके सादे लिबास और भावपूर्ण व्यवहार में फूट पड़ता था। तेईस वर्ष की आयु में ही भगत सिंह ने किस प्रकार अपने को योग्य एवं अनुकरणीय बना लिया था, वह सराहनीय है। वह भावुक हृदय था, सफल लेखक और प्रभावशाली वक्ता था। उसके व्यक्तित्व, व्यवहार

दोनों में अनोखा आकर्षण था। वास्तव में वह एक ऐसा योगी था, जो जीवन में डूबकर तैरना जानता था।''

''...उनके जीवन का एक कार्यक्रम था—केवल अध्ययन जो उन्हें सर्वांग और संपूर्ण बना सके। राजनीति, इतिहास तथा अन्य सभी विषयों पर उनका अधिकार था।...कितनी समता और कितना एका था उनकी विचारधारा में कि आज उसके रूप की कल्पना भी नहीं कि जा सकती। उन्हें देश की आजादी के लिए मर-मिटने को तैयार केवल सनकी नहीं कहा जा सकता। उस सबकी तह में एक विचार-दर्शन था, जिसे लेकर वे चल रहे थे और जिसकी नींव पर देश का चित्र देखा करते थे। अपने ध्येय और लक्ष्य की पूर्ति हेतु वे सबकुछ करने को तत्पर रहते। दरियाँ बिछाना, झंडियाँ लगाना, पैम्फलेट लिखना, छपवाना और बाँटना—सब कुछ तुरत-फुरत होता था।''

''भगत सिंह एक कुशल वक्ता था। उसकी आवाज में गर्जना थी।...भगत सिंह क्यों मौत की ओर बढ़ता ही गया? इस संबंध में वह अपने विचार, देश के विचार और उसकी फिलॉसफी को दुनिया को बता देना चाहता था। वह सबको बता देना चाहता था कि देश की युवा पीढ़ी, जो वहाँ कठघरे में उपस्थित है, वह कोई आत्मघात नहीं करने आई है, उन्हें भी दुनिया प्यारी है और जीवन प्यारा है। वह सौंदर्य का उपासक था, कला का प्रेमी था और जीवन के प्रति उसे आसक्ति थी। जिस वस्तु का अत्यधिक मूल्य है, उसी को तो वह माँ के चरणों पर सुगंधित पुष्पों के रूप में चढ़ाना चाहता था-मुरझाए और सड़े पुष्पों को नहीं। अत: 23 मार्च, 1931 आया। भगत सिंह, सुखदेव और राजगुरु चले गए। वह अभिनय समाप्त हो गया। परदा गिर गया। उनका पार्थिव

शरीर लुप्त हो गया, किंतु भावना के संसार में वे देश की आत्मा में प्रवेश पा गए।''

डॉ. भगवानदास माहौर—''क्रांति-प्रयास के इस विकास में भगत सिंह एक ऐसे व्यक्ति थे, जिसे अंग्रेजी में मोड़सूचक पाषाण चिह्न कहा जाता है। भगत सिंह के माध्यम से 'भारतमाता की जय' और 'वंदेमातरम्' मंत्रों के स्थान पर भारतीय गुप्त सशस्त्र क्रांति प्रयास ने 'क्रांति चिरंजीव हो', 'इनकलाब जिंदाबाद', 'साम्राज्यवाद का नाश हो' आदि नारे लगाए और जहाँ क्रांतिकारी पुलिस की यंत्रणाओं और मृत्यु के भय से मुक्त होने के लिए शरीर की नश्वरता और आत्मा के नित्यत्व का निदिध्यासन-पद्मासन लगाए गीता-पाठ करते हुए नजर आते थे, वहाँ अब वे मार्क्स की 'कैपिटल' का स्वाध्याय करते नजर आए।''

''दिल्ली में लेजिस्लेटिव असेंबली में युग का गुरु-गंभीर गर्जन सुनाने के लिए भगत सिंह ने जो बम फेंका था या भारतीय राष्ट्रवाद के अपमान का प्रतिकार करने के लिए पंजाब केसरी लाला लाजपतराय को लाठियों से पीटनेवाले सांडर्स का जो वध किया और इसी प्रकार के साहस और आत्मबलिदान के जो अनेक कार्य भगत सिंह ने किए, उनका महत्त्व उनके अपने व्यक्तित्व के विकास के लिए महान् है तथा उनके ये कार्य सशस्त्र क्रांति प्रयास के आकाश के चमकते हुए नक्षत्र हैं, परंतु भगत सिंह की विशेष क्रांतिकारी देन यही है कि उनके समय से क्रांतिकारियों का आदर्श समाजोन्मुखी हो गया तथा उनका मानसिक धरातल परलोकापेक्षी धार्मिक होने के स्थान पर इहलोकापेक्षी सामाजिक ही विशेषतः हो गया। काकोरी-युग के पं. रामप्रसाद बिस्मिल, श्री शचींद्रनाथ सान्याल, श्री योगेशचंद्र चटर्जी आदि का भी भारतीय प्रजातंत्र

संघ भगत सिंह और उनके साथियों के प्रभाव से हिंदुस्तानी समाजवादी प्रजातंत्र के रूप में विकसित हुआ।''

सुभाष चंद्र बोस—''जिस ढंग से उनके मृत शरीरों को दफनाया गया, उसके विषय में भी तरह-तरह की खबरें सारे पंजाब में फैल गईं। आज इतने दिनों बाद उस गहन शोक की कल्पना करना असंभव है जो सारे देश में एक कोने से दूसरे कोने तक फैल गया। विभिन्न कारणों से भगत सिंह नौजवानों में नई जागृति के प्रतीक बन गए थे। जनता की उत्सुकता यह जानकर ही शांत नहीं हुई कि वास्तव में उन पर लगाये गए कत्ल के इलजाम के वे दोषी थे या नहीं, उनके लिए यह जानना ही काफी था कि वे पंजाब में नौजवान भारत सभा —(युवा आंदोलन) के जनक थे। उनके एक साथी जतिनदास शहीद की मौत मरे तथा वह और उनके साथी फाँसी के तख्ते पर भी निडर रहे।''

''सभी ने यह सोचा कि कांग्रेस की बैठक एक शोक की छाया में हो रही है। नवनिर्वाचित अध्यक्ष सरदार वल्लभ भाई पटेल ने सम्मेलन के पहले दिन के आमोद-प्रमोद को रद्द करने का आदेश दिया। यहाँ तक कि जब महात्मा गांधी कराची के निकट उतरे, तो वहाँ एक क्रुद्ध प्रदर्शन किया गया और कई नौजवानों ने काले फूलों और काली मालाओं से उनकी अगवानी की। नौजवानों के एक काफी बड़े हिस्से की भावना यह थी कि महात्मा गांधी ने भगत सिंह तथा उनके साथियों के ध्येय के साथ विश्वासघात किया है।''

''सम्मेलन में पारित किए गए प्रस्तावों में एक प्रस्ताव भगत सिंह और उनके साथियों के साहस तथा आत्मबलिदान की प्रशंसा करते हुए, हालाँकि सभी हिंसा की कारवाईयों की भर्त्सना करते हुए पारित किया

गया। यह प्रस्ताव बंगाल प्रदेश कांग्रेस द्वारा सन् 1924 में पारित किए गए 'गोपीनाथ साहा प्रस्ताव' से मिलता-जुलता था, जिसे महात्मा गांधी ने कठोरता से अस्वीकार किया था। कराची में परिस्थितियाँ इस प्रकार बन गईं कि यह प्रस्ताव ऐसे लोगों को रखना पड़ा जो सामान्य परिस्थितियों में इससे मीलों दूर रहते। जहाँ तक महात्मा गांधी का प्रश्न था, उन्हें अपनी आत्मचेतना को लचीला बनाना पड़ा, लेकिन यह काफी नहीं था। मंच की व्यवस्था को पूरी तरह व्यवस्थित करने के लिए सरदार भगत सिंह के पिता सरदार किशन सिंह को मंच पर बुलाया गया और कांग्रेस नेताओं के समर्थन में उनसे बुलवाया गया।''

जवाहर लाल नेहरू—''भगत सिंह ने अपने हिंसात्मक कार्य के लिए लोकप्रियता प्राप्त नहीं की, बल्कि इसलिए प्राप्त की कि कम-से-कम उस समय लोगों को ऐसा मालूम हुआ कि उन्होंने लालाजी की और लालाजी के रूप में कौम की इज्जत रखी है। भगत सिंह एक प्रतीक बन गए। उनके काम को लोग भूल गए, केवल प्रतीक मन में रह गया। जिसके फलस्वरूप पंजाब के हरेक गाँव व कस्बे में और उससे कुछ कम बाकी के उत्तरी भारत में उनका नाम घर-घर गूँजने लगा। उनकी बाबत बेशुमार गीत बने और उन्होंने जो लोकप्रियता पाई, वह सचमुच अजीब थी।''

जयदेव कपूर—''इस एक व्यक्ति ने मुझ पर ऐसा प्रभाव डाला और पहली ही मुलाकात में कि मैं पूरे जीवन उसे याद करता रहूँगा। उसकी बातचीत, उसका पढ़ना-लिखना, रहन-सहन, चरित्र, चिंतनधारा, ऐसा मालूम होता था कि उसका संपूर्ण जीवन इससे ओत-प्रोत था। उनके मन में असीम क्रोध और घृणा थी ब्रिटिश साम्राज्यवादी शासन

के प्रति और अनन्य श्रद्धा और प्रेम था देश और देशवासियों के प्रति। उसके दिल में क्रांति की जलन थी, वह स्वयं बेहद बेचैन रहता था और जो कोई उसके संपर्क में आया, इस बेचैनी से अछूता न रह सका। वह बहुत पढ़ता था। उसके अध्ययन के मुख्य विषय थे—फ्रांस की राज्य-क्रांति, इटली के एकीकरण में मैजिनी, गैरी बाल्डी, कावूर के क्रांतिकारी योगदान, आयरलैंड का स्वातंत्र्य युद्ध, रूस की समाजवादी क्रांति। उसने अपने देश की आजादी के आंदोलन का भी गहरा मंथन किया था। जीवन के जागृत् क्षणों में वह यही सोचा करता था कि इस सब अध्ययन और अनुभवों के प्रकाश में कैसे हम आगे बढ़े और कैसे अपना आंदोलन आगे बढ़ाएँ? मननशील तो वह था ही, लेकिन अदम्य साहसी और कर्मवीर भी था। इन दोनों गुणों का ऐसा सुंदर समन्वय किसी एक व्यक्ति में मैंने आज तक नहीं पाया।''

एक दिन मैंने पूछा—''सरदार, निश्चित है इतने बड़े दुश्मन के मुकाबले में हम लड़ेंगे, मारेंगे और मरेंगे। लेकिन अपनी आँखों से तो देश को आजाद नहीं देख पाएँगे। फिर जीवन के अंतिम क्षणों में कौन-सी भावना हमें सांत्वना देगी? फिर कैसे हम कह सकते हैं कि हम सफल हुए या नहीं?'' तो उस समय सरदार ने केवल इतना ही कहा था—''बस इतने को ही जीवन का लक्ष्य समझकर हम मैदान में आए थे। चोट-पर-चोट खाकर हमारे देशवासी भयाकुल और आतंकित होकर कहीं निरुत्साहित बैठ न जाएँ, हमारे शहीदों ने अपनी जीवन-समिधाएँ लेकर आजादी की जो आग जलाई थी, उस पर कहीं राख न जम जाए। इस हेतु हमारी पार्टी ने निश्चय किया था जनता के आगे, किंतु जनता को साथ लेकर लड़ो, प्रदर्शन करो, जन-आंदोलन को भयमुक्त

करो, सीधे टकराव का रास्ता दिखाओ।''

''पार्टी ने देश को पहचाना, देश ने पार्टी को पहचाना। पार्टी का नारा देश का नारा बन गया। कश्मीर से लेकर कन्याकुमारी तक, देश का कोना-कोना 'इनकलाब जिंदाबाद' के जयघोष से गूँज उठा और इसके बाद हमारा आजादी का आंदोलन कितनी तेजी से छलाँगें भरता हुआ आगे बढ़ा है, हमारे देशवासी इसे भली प्रकार जानते हैं।''

विजय कुमार सिन्हा—''भगत सिंह को एक महान् देशभक्त समझना भूल होगी, क्योंकि वे हमारे राष्ट्रीय संघर्ष में एक नवीन युग के —(जिसने हमारे राष्ट्रीय आंदोलन में नवीन आदर्शों तथा विचारों का समावेश किया) आदर्श प्रतिनिधि के रूप में महानतर थे। उनका शानदार क्रांतिकारी जीवन संघर्षरत भारतीय जीवन की उद्दाम भावना का प्रतीक था। इसका सर्वश्रेष्ठ प्रमाण यह है सरदार भगत सिंह द्वारा राष्ट्र को दिया हुआ—'इनकलाब जिंदाबाद' का नारा, जनता ने आश्चर्यजनक तेजी से स्वीकार कर लिया। सन् 1905 में असेंबली बमकांड तक 'वंदेमातरम्' ही हमारा प्रिय नारा था। भगत सिंह के इस नारे ने जनता का ध्यान आकृष्ट कर लिया, क्योंकि इसमें बिना समझौता किए लड़ते रहने का दृढ़ संकल्प तथा दरिद्रता एवं कष्ट को सदा के लिए दूर करने वाली एक नवीन सामाजिक व्यवस्था को स्थापित करने की आशा इसके द्वारा समुचित व्यक्त होती है।''

भगत सिंह ने अपना जीवन समाजवादी आदर्श के लिए अर्पित कर दिया। जब वह ब्रिटिश जेल में मौत से मिले, तो वह उस समय किसी एक राष्ट्र के खिलाफ संघर्षरत नहीं थे, जिसका संबंध किसी एक विदेशी जाति से हो, अपितु वह तो घृणित साम्राज्यवादी व्यवस्था

के ही खिलाफ थे, जिसने उनके देशवासियों का निर्दयता के साथ शोषण किया। घटनाओं से परिपूर्ण उनके क्रांतिकारी जीवन ने प्रभावशाली ढंग से संघर्षशील भारतीय लोगों की विरोध प्रवृत्ति और उनके उन्नत होने को प्रकट किया। फाँसी के तख्ते पर चढ़ने से पूर्व भगत सिंह ने अपने अंतिम संदेश में कहा था—''साथियो, यह भेंट और अलगाव अंतिम है, अब हम पुनः मिलने में समर्थ नहीं हो सकते। जब तुम अपना जेल-जीवन पूर्ण कर लो और घर जाओ तो सांसारिक कामों में मत उलझना, जब तक कि तुम अंग्रेजों को भारत से न खदेड़ दो और समाजवादी प्रजातंत्र की स्थापना न हो जाए, तब तक चैन से मत बैठना। यह मेरा आपके लिए अंतिम संदेश है।''

शिव शर्मा—''भगत सिंह ने क्रांतिकारियों को अपने सीमित दायरे से या यों कहिए कि अपने खोल से निकालकर जनता के बीच ले जाकर खड़ा किया और क्रांतिकारी आंदोलन को एक नई दिशा प्रदान की। भगत सिंह से पहले क्रांतिकारियों के सामने न तो क्रांति की कोई वैज्ञानिक समझ थी, न भारत के भावी समाज के बारे में कोई स्पष्ट रूपरेखा। क्रांति का क्या मतलब है, क्रांति के किस वर्ग की क्या भूमिका होगी, सत्ता किस वर्ग के हाथ से निकलकर किस वर्ग के हाथ में जाएगी, भावी समाज की रूपरेखा क्या होगी, आदि बातों पर कोई सफाई नहीं थी। भगत सिंह ने क्रांतिकारियों को इन सब बातों पर सोचने के लिए प्रोत्साहित किया और समाजवाद को क्रांतिकारियों के सामने ध्येय के रूप में प्रस्तुत किया। मार्क्सवाद-लेनिनवाद का अध्ययन और मनन उनके जीवन का अंग बन गया था। पकड़े जाने के बाद, जेल में उन्हें चिंतन और मनन का अच्छा अवसर मिला। उन्होंने मार्क्सवादी सिद्धांतों

की रोशनी में सबसे पहले अपने को परखा। फिर जीवन की सभी मान्यताओं को उसकी कसौटी पर कसा और जो मान्यता-विश्वास उस कसौटी पर खरा नहीं बैठा, उसे ठुकराने में उन्होंने एक क्षण के लिए भी आनाकानी नहीं की। राष्ट्रीय आंदोलन, हिंसा, अहिंसा, क्रांतिकारियों के काम का तरीका, अराजकतावाद, पुराने क्रांतिकारी, समकालीन राष्ट्रवादी, कला, साहित्य, प्रेम, सौंदर्य, धर्म, ईश्वर आदि सभी प्रश्नों को उन्होंने मार्क्सवाद की वैज्ञानिक कसौटी पर कसा और उन पर अपनी लेखनी चलाई। यह वैचारिक पक्ष भगत सिंह के जीवन का सबसे महत्वपूर्ण पक्ष है, जिसने मरने के बाद भी उसे 'शहीदे आजम' के रूप में जीवित रखा।''

''और सरदार मेरे साथी! तुम अवस्था में मुझसे छोटे थे, किंतु तुम्हें सदा अपने से बड़ा ही माना था। जिस समय हम समाजवाद के केवल नाम से ही परिचित थे, उस समय तुम अपना मार्ग निश्चित कर चुके थे। समाजवाद क्या है, इसका पहला पाठ मैंने तुमसे ही पाया था। देश में समाजवादी व्यवस्था स्थापित कर मनुष्य द्वारा मनुष्य तथा राष्ट्र द्वारा राष्ट्र के शोषण का सदा के लिए अंत करना तुम्हारा उद्देश्य था। समाजवाद अभी दूर है, लेकिन अंत तक मैं उसके लिए प्रयत्नशील रहूँगा, इसका मुझे विश्वास है। तुम्हारे मृत शरीर को ठोकर लगाकर विदेशियों ने तुम्हारा जो अपमान किया था, वह मुझे शांत न बैठने देगा।''

अजय कुमार घोष—''भगत सिंह में परंपरागत आतंकवादी नेता का एक भी लक्षण दिखाई नहीं पड़ता था। हम लोगों के बीच कई सवालों पर मतभेद थे। कई बैठकों में गरमागरम बहसें हुईं। कई मौकों पर भगत सिंह संघर्ष का वह रास्ता भी अपनाने के लिए तैयार हो गए थे, जिसे उनका मन कबूल तक नहीं करता था। वे उतावले और दृढ-

संकल्पी व्यक्ति थे। उनमें आजाद की भाँति धैर्य और शांति नहीं थी। वे क्रोध और उत्तेजना के वशीभूत होकर ढुलमुलपन दिखने वालों को कड़ी फटकार लगाते थे, लेकिन उन्होंने शायद ही कभी किसी का दिल दुखाया हो और जब वे ऐसा महसूस कर लेते थे, तब आत्मग्लानि से पीड़ित होकर सरल और निश्छल हृदय से इस तरह क्षमायाचना करने लगते थे कि किसी के मन में उनके प्रति कोई द्वेष न रह जाता। वे संवेदनशील, स्पष्टवादी और निष्कपट स्वभाव के व्यक्ति थे। किसी भी तरह की संकीर्णता उनको छू तक नहीं गई थी। उन्हें अपने सभी परिचित व्यक्तियों का स्नेह प्राप्त था।''

''भगत सिंह में अध्ययन की जबर्दस्त भूख थी। वे जेल में अपना अधिकांश समय समाजवादी साहित्य पढ़ने में व्यतीत करते थे। शायद हम लोगों में से सबसे पहले वे ही समाजवादी विचारों की ओर आकृष्ट हुए थे। वे एक कट्टर अनीश्वरवादी व्यक्ति थे और पहले के आतंकवादियों के धार्मिक विश्वासों का उन पर तनिक भी प्रभाव न था। यह कहना अतिशयोक्ति होगी कि वे मार्क्सवादी हो गए थे, लेकिन अपने गहरे अध्ययन, अकसर हमारे बीच होने वाली बहसों और बाहरी घटनाओं से प्रभावित होकर हमारे कारावास में कई सनसनीखेज घटनाएँ हुईं—शोलापुर का उभार, चंद्रसिंह के नेतृत्व में गढ़वाली सैनिकों का साहसिक पेशावर-विद्रोह—उन्होंने जन-आंदोलन से जुड़कर उसके अविच्छिन्न अंग के रूप में उसकी माँगों और आवश्यकताओं का समर्थन करते हुए सशस्त्र संघर्ष की आवश्यकता पर जोर देना शुरू कर दिया था।''

ई. एम.एस. नबूंदिरीपाद—''कांग्रेस से अलग क्रांतिकारियों का महत्त्वपूर्ण हिस्सा वह था जो बम की राजनीति में संलग्न था और

आतंकवादियों की तरह जाना जाता था—इस हिस्से के सामान्य दृष्टिकोण में ठोस परिवर्तन का प्रथम संकेत कम्युनिस्ट-आंदोलन की वृद्धि था। किसान-मजदूर पार्टियों के कम्युनिस्ट और गैर कम्युनिस्ट कार्यकर्ताओं द्वारा प्रचारित किए गए विचार उनमें फैलने लगे। पंजाब में भगत सिंह के नेतृत्व में एच.एस.आर.ए. का गठन इस तरह के परिवर्तन का स्पष्ट साक्ष्य था, जो पूरे देश में फैल गया। अपनी फाँसी से पूर्व जेल से भेजे गए एक पत्र में भगत सिंह ने कहा था, ''स्वतंत्रता के लिए असली संघर्ष केवल किसान-मजदूरों एवं आम जनता को लामबंद करके ही लड़ा जा सकेगा। बम से हमारा उद्देश्य पूरा नहीं हो सकता है, यह मेरी राय है। हिंदुस्तान समाजवादी प्रजातांत्रिक एसोसिएशन के इतिहास से यह सिद्ध हो जाता है। हमारा मुख्य उद्देश्य उत्पीड़ित जनता को लामबद्ध करना होना चाहिए।''

''वह घटना जिसने वर्तमान लेखक सहित दसियों लाखों नौजवानों को प्रभावित किया, भगत सिंह और उनके साथियों की राजनीतिक समझ के अंतर्द्वंद्व का प्रतीक थी जो बम की राजनीति से जनसंघर्ष की राजनीति में जा रहे थे। क्रांतिकारियों की तरह बम फेंकना, जो अहिंसा में कोई विश्वास नहीं रखते थे; गांधीवादी सत्याग्रहियों की तरह नारे लगाकर, जानते हुए फाँसी पर चढ़ने के लिए गिरफ्तारी देना; कम्युनिस्टों की तरह जनसंघर्ष का आह्वान करते हुए पर्चे बाँटना; ये सब कार्य भारत में क्रांतिकारियों से जुड़े हुए थे जो वास्तव में भविष्य की राजनीति का सूचक था। इसी रास्ते पर चलते हुए लाहौर षड्यंत्र केस में भगत सिंह, राजगुरु और सुखदेव को फाँसी दी गई।''

''मेरठ षड्यंत्र केस और लाहौर षड्यंत्र केस का साथ-साथ चलने

का भी एक मतलब था। इन मुकदमों की रिपोर्टों के तथ्यों और तर्कों ने देश में दसियों लाखों नौजवानों को दुःसाहसवाद पर आधारित बम की राजनीति तथा जनक्रांतिकारी संघर्ष के रास्ते में से किसी एक को चुनने में सहायता की थी और भगत सिंह का जेल से भेजा गया पत्र तथा अजय घोष, शिव वर्मा तथा लाहौर केस के अन्य अभियुक्तों की बाद की गतिविधियाँ व्यक्त करती हैं कि मेरठ केस की रिपोर्ट का उन पर महत्त्वपूर्ण प्रभाव था।''

''जब क्रांतिकारियों की गतिविधियाँ बड़े जोरशोर से चल रही थीं, लाहौर षड्यंत्र केस भगत सिंह और उनके साथियों को शामिल करते हुए प्रगति कर रहा था। अभियुक्तों द्वारा जेल में चलाई गई भूख हड़ताल तथा उनमें से एक जतीन दास की मृत्यु ने सामान्यतः भारतीय जनता को तथा विशेषतः नौजवानों को क्रोधित बना दिया था। मेरठ षड्यंत्र केस की कार्यवाही, जिसमें कई प्रमुख कम्युनिस्ट तथा कई प्रमुख गैर-कम्युनिस्ट ट्रेड यूनियन कार्यकर्ता शामिल थे, चल रही थी। कई प्रमुख कांग्रेसी नेताओं सहित राष्ट्रवादी कार्यकर्ताओं का एक बड़ा भाग विभिन्न आधारों पर जेल में भेज दिया गया था। इस पृष्ठभूमि में एक विस्तृत भावना यह थी कि कांग्रेसी नेतृत्व द्वारा चलाया जा रहा रचनात्मक कार्यक्रम, सांगठनिक कार्य और विधायिका का आंशिक बहिष्कार आदि स्थिति को समझने में अपर्याप्त थे और इन सबने मुड़कर बम-राजनीति के लिए जमीन को उर्वर बनाया। यही पृष्ठभूमि थी जिससे कांग्रेस और नरमदलियों ने ब्रिटिश सरकार के साथ समझौते की शुरुआत की। इससे कांग्रेसी कतारों में तेज विरोध हुआ। जवाहर लाल नेहरू और सुभाषचंद्र बोस ने जो वामपंथी नेताओं की तरह समझे जाते थे, कांग्रेस कार्यकारिणी समिति से त्यागपत्र की घोषणा कर दी। कांग्रेस से

बाहर क्रांतिकारियों ने, जो बम-राजनीति में संलग्न थे, अपनी गतिविधियाँ तेज कर दीं। उन्होंने उस रेलगाड़ी को भी उड़ाने की कोशिश की जिसमें वायसराय यात्रा कर रहे थे, जिसमें उसके कुछ नौकर घायल हुए। यह अस्पष्ट था कि राजप्रतिनिधि की गाड़ी पर आक्रमण कांग्रेस और वायसराय के बीच समझौतों को रोकने के उद्देश्य था, या उन्हें कम-से-कम निष्फल करना था।''

''भगत सिंह और उनके साथी फाँसी के फंदे का इंतजार कर रहे थे। उनके मृत्युदंड को कम करने की सरकार इच्छुक नहीं थी। उग्र कारखाईयों के लिए सजायाफ्ता दसियों हजार लोग —(जिनमें बहुत से स्वयं कांग्रेसी थे) जेलों में तड़प रहे थे। साधारण राजनीतिक कार्यकर्ता इस बात से नाराज था कि गांधी उस समय संघर्ष को रोकने के लिए तैयार थे जब सरकार उन कार्यकर्ताओं के खिलाफ बदले की कारखाई कर रही थी, जिन्होंने अपने देश की खातिर अपना जीवन होम किया था। गांधी ने लोगों की इस भावना को अभिव्यक्ति देने की कोशिश की। उन्होंने भगत सिंह और उनके साथियों को बचाने वाला तथा सभी राजनीतिक बंदियों की रिहाई का प्रस्ताव वायसराय के सामने अति विनम्र तरीके से प्लीड करने में आनाकानी नहीं की। लेकिन ये प्रयास लाभदायक सिद्ध नहीं हुए।''

''भगत सिंह, राजगुरु एवं सुखदेव की फाँसी की सजा विशेष उल्लेख की अधिकारी है। पूरे देश में यह भावना उठी कि उन्हें फाँसी से बचाया जाना चाहिए। लाखों लोग जो गांधी को सविनय अवज्ञा आंदोलन के नेता के रूप में पूजते थे, राष्ट्रीय आंदोलन के एक-दूसरे महान् प्रतीक के रूप में भगत सिंह को भी पूजते थे। इसलिए वायसराय के साथ गांधी के समझौते ने सामान्यतः लोगों को असहज कर दिया,

जिसने भगत सिंह और उसके साथियों की मौत की सजा को कम करने से मनाकर दिया था। उन लोगों का हिस्सा और वामपंथी राजनीतिक कार्यकर्ता गांधी की इस तरह के समझौते के लिए सार्वजनिक रूप से आलोचना करते थे और इसके खिलाफ विरोधस्वरूप जब गांधी और चुने हुए अध्यक्ष वल्लभभाई पटेल कांग्रेस के अधिवेशन के लिए कराची में आए तो लोगों के एक हिस्से ने उनका काली मालाओं और फूलों से स्वागत किया।''

टी.वी. रणदिवे—''भगत सिंह और उनके साथियों के नाम भारतीय जनता के जेहन की तख्ती पर हमेशा-हमेशा के लिए खुद चुके हैं। उस जमाने में किसी और क्रांतिकारी ने जनता के बीच सहानुभूति, एकजुटता और एकात्मकता की इतनी गहरी भावना पैदा नहीं की। भगत सिंह और उनके साथी देश की जनचेतना के अंग, जनता की आकांक्षाओं और प्रतिष्ठा के प्रतीक और गुलामी के खात्मे के संघर्ष के प्रतीक बन गए। लाहौर में सन् 1929 में भगत सिंह के मुकदमे के नाजुक दिनों में समाज के उच्च वर्गों से लेकर मजदूरों और किसानों तक, राजनीतिक चेतना वालों से लेकर राजनीतिक शून्य लोगों तक, हर श्रेणी की जनता ब्रिटिश अदालत के सामने इन क्रांतिकारियों के शानदार व्यवहार को ध्यान से देखती रही और उनके प्रतिरोध को देश की प्रतिष्ठा का दावा मानकर उनकी जय-जयकार करती रही।''

''जागरूक हो रही जनता से किसी और क्रांतिकारी ने इतना गहरा संपर्क स्थापित नहीं किया। कोई और आम जनता और नौजवानों का ऐसा कंठहार नहीं बना, जैसे भगत सिंह बने। अपने संघर्ष के अंतर्तत्त्व को उन्होंने 'इनकलाब जिंदाबाद' के उस नारे के रूप में पेश किया, जो उन्होंने असेंबली में बम फेंकने के समय बुलंद किया था। उस

समय यह नारा भारतीय जनता के लिए एकदम अपरिचित था। बेशक कम्युनिस्ट नेतागण इस नारे को कुछ समय पहले से ही उठाते आ रहे थे, मगर उनकी आवाज़ अभी व्यापक जनता तक नहीं पहुँची थी।''

''वह बेचैन क्रांतिकारी नारे लगाकर कभी संतुष्ट नहीं हुआ। वह प्रतीक था उस दुर्दमनीय साहस का, मौत से पंजे लड़ाने वाले उस हौंसले का, बड़ी-से-बड़ी कुरबानी दे सकने की क्षमता का और यत्रंणाओं के मद्दे-मुकाबिल अडिग रहने वाले उस साहस का, जिसके बिना क्रांति की तमाम बातें महज लफ्फाजी हुआ करती हैं। जिस दुश्मन का तख्ता पलटा जाना है, उसके प्रति गहरी नफरत पैदा किए बिना, दुश्मन और उसकी संस्थाओं, उसके साधनों के खिलाफ चौतरफा लड़ाई छेड़े बिना कोई क्रांतिकारी विचारधारा कामयाब नहीं हो सकती। भगत सिंह ने ब्रिटिश शासन के प्रति अपनी गहरी नफरत को बेपनाह व्यक्तिगत शौर्य से जोड़ा और इस तरह वह संघर्षरत राष्ट्र के तथा विदेशी शासन के प्रति उसकी नफरत के प्रतीक बन गए।''

''सार्वजनिक जीवन में भगत सिंह का आना एक ऐलान था कि यह नौजवान जनता की भाषा में सोचने वाला था, क्रांति के लिए आमादा था और क्रांति के सर्वाधिक विकसित विज्ञान से कुछ सीखने को तैयार था।''

''भगत सिंह ने विचारों का यह मंथन बराबर जारी रखा और देश के सामने मौजूद मुद्दों पर मार्क्सवादी समझ के करीब से करीबतर आते गए। यह बात बिना किसी अतिशयोक्ति के कही जा सकती है कि अनेक राष्ट्रीय समस्याओं पर उनके विचार, राष्ट्रीय नेतृत्व तथा उसकी कमजोरियों का उनका मूल्यांकन, कम्युनिस्ट आंदोलन के उन

नेताओं के विचारों से बहुत कुछ मेल खाता था, जो मजदूरों के बीच अपनी जड़ें जमा रहे थे। विभिन्न विषयों पर भगत सिंह के लेख तथा साथियों के नाम उनके पत्र, मार्क्सवादी विचारधारा में उनके बढ़ते विश्वास की पुष्टि करते हैं। ताज्जुब नहीं कि उन्होंने खुद को ऐलानिया नास्तिक कहा और किसी सर्वशक्तिमान ईश्वर द्वारा दुनिया के निर्माण की धारणा की खिल्ली उड़ाई। उनके लेखन से विचाराधीन विषय में डूब जाने तथा विवादास्पद मुद्दों के सारतत्त्व को पकड़ने की उनकी क्षमता स्पष्ट जाहिर होती है। ये लेख स्वाधीनता और स्वतंत्रता के लक्ष्य के प्रति, समाजवाद के लक्ष्य के प्रति, उनके अवर्णनीय समर्पणभाव से परिपूर्ण हैं।''

प्रो. विपिन चंद्र—''भगत सिंह और उनके सहयोगी समाजवाद, मार्क्सवाद के विद्वान् नहीं थे, परंतु वे अनाड़ी भी नहीं थे। अनुभव-प्राप्ति के कारण ये धीरे-धीरे भारतीय क्रांति की समस्याओं का वैज्ञानिक-सामाजिक विश्लेषण करने की दिशा में अध्ययन, चिंतन व मनन कर रहे थे। उदाहरणतया भगत सिंह इस निष्कर्ष पर पहुँचे कि समाजवाद एक वांछित पद्धति की कामना का परिणाम नहीं, बल्कि समाज की आवश्यकताओं का नतीजा है।''

विश्वमित्र उपाध्याय—''भगत सिंह बहुत अध्ययनशील थे। उन्होंने वैज्ञानिक समाजवाद को अपनाया था। वह रूसी-क्रांति से अत्यधिक प्रभावित हुए थे और दल की चिंतनधारा लेनिनवादी पद्धति पर ढालने का प्रयास कर रहे थे।''

''भगत सिंह व अन्य क्रांतिकारियों के बलिदान ने देश में नई व सशक्त जागृति उत्पन्न की। जनता ने समझा कि राष्ट्र के अपमान व शोषण का बदला लिया जा सकता है।''

लाहौर सेंट्रल जेल, जहाँ 23 मार्च, 1931 को भगत सिंह, सुखदेव और राजगुरु को फाँसी दी गई, वह लगभग ध्वस्त हो चुकी है। जिन कोठरियों में उन्हें रखा गया था, वह मैदान बन चुके हैं। वहाँ आज न तो कोई नामपट्ट है, न स्मारक, न शिलालेख। उस स्थान पर 'शादमाँ' नाम की कॉलोनी के निर्माण की स्वीकृति दे दी गई। जहाँ फाँसी का तख्ता था, वह जगह यातायात-चौराहे में तब्दील हो चुकी है। विडंबना है कि देश के बँटवारे के साथ शहीदों के भी बँटवारे हो गए। लेकिन इन सब चीजों से इनके बलिदान पर न तो कोई असर पड़ा है और न ही भविष्य में पड़ेगा, क्योंकि उनका बलिदान हमेशा अमर रहेगा।

प्रस्तुत कृति में भगत सिंह के विचार-सूक्ति आदि को अकारादि क्रम से प्रस्तुत किया गया है। अब कृति आपके हाथों में है। इसके बारे में आपके विचार मिल सकें तो बहुत अच्छा होगा।

—अनिल कुमार

अनुक्रम

मैं भगत सिंह बोल रहा हूँ

अकारण

हमारी दशा उस समय दयनीय और हास्यास्पद हो जाती है, जब हम अपने जीवन में अकारण ही रहस्यवाद प्रविष्ट कर लेते हैं, यद्यपि इसके लिए कोई प्राकृतिक या ठोस आधार नहीं होता।

—(भगत सिंह के संपूर्ण दस्तावेज, सुखदेव को भूख हड़ताल के दौरान एक पत्र, पृष्ठ–223)

* * *

अखबार

अखबारों का असली कर्तव्य शिक्षा देना, लोगों से संकीर्णता निकालना, सांप्रदायिक भावनाएँ हटाना है, लेकिन इन्होंने अपना मुख्य कर्तव्य अज्ञान फैलाना, संकीर्णता का प्रचार करना, सांप्रदायिक बनाना, लड़ाई–झगड़े करवाना और भारत की साँझी राष्ट्रीयता को नष्ट करना बना लिया है।

—(भगत सिंह के संपूर्ण दस्तावेज, सांप्रदायिक दंगे और उनका इलाज, पृष्ठ–153)

* * *

अच्छा

तिल-तिल मरने से एक बार मर जाना अच्छा है।

—*(भगत सिंह के संपूर्ण दस्तावेज, काकोरी के वीरों से परिचय, पृष्ठ-64)*

* * *

अज्ञानता

थोपी हुई अज्ञानता ने एक ओर से और बुद्धिजीवियों की उदासीनता ने दूसरी ओर से शिक्षित क्रांतिकारियों और हथौड़े दरांतवाले उनके अभागे अर्द्धशिक्षित साथियों के बीच एक बनावटी दीवार खड़ी कर दी है। क्रांतिकारियों को इस दीवार को अवश्य ही गिराना है।

—*(भगत सिंह के संपूर्ण दस्तावेज, 'ड्रीमलैंड' की भूमिका, पृष्ठ-285)*

* * *

अधूरा

आज समाज में होने वाले दमन के विरुद्ध कौन-सी आवाज उठ रही है और स्थाई शांति की स्थापना के लिए कैसे विचार उठ रहे हैं, उन्हें ठीक से समझे बिना इनसान का ज्ञान अधूरा रह जाता है।

—*(भगत सिंह के संपूर्ण दस्तावेज, अराजकतावाद-1, पृष्ठ 128-129)*

* * *

अधिकारिणी

कोई गुलाम जाति उच्चतम सिद्धांत का नाम तक लेने की अधिकारिणी नहीं है। एक गुलाम मनुष्य के मुख से निकलकर इसका

महत्त्व ही जाता रहता है। एक अपमानित मनुष्य, पद-दलित, पैरों तले रौंदे जानेवाला मनुष्य यदि कहे—'मैं विश्वबंधुता का अनुगामी हूँ, Universal brotherhood का पक्षपाती हूँ, इसलिए इन अत्याचारों का प्रतिकार नहीं करता'-तो उसका कथन क्या मूल्य रख सकता है? कौन सुनेगा उसके इस कायरतापूर्ण वाक्य को? हाँ-तुममें शक्ति हो, तुममें बल हो, चाहो तो बड़े-बड़े अभिमानियों को मिट्टी में मिला सको और फिर तुम यह वाक्य कहते हुए कि 'हम विश्वप्रेमी हैं, ऐसा न करो, तो तुम्हारी बात वजनदार होगी-फिर तुम्हारा एक-एक वाक्य प्रभावशाली होगा। फिर 'वसुधैव कुटुंबकम्' भी महत्वपूर्ण हो जाएगा।

—(भगत सिंह के संपूर्ण दस्तावेज,
विश्व प्रेम, पृष्ठ-49)

* * *

अधिनायक तंत्र

वर्तमान शासन-व्यवस्था उठती हुई जनशक्ति के मार्ग में रोड़े अटकाने से बाज न आई तो क्रांति के इस आदर्श की पूर्ति के लिए एक भयंकर युद्ध का छिड़ना अनिवार्य है। सभी बाधाओं को रौंदकर आगे बढ़ते हुए उस युद्ध के फलस्वरूप सर्वहारा वर्ग, अधिनायक तंत्र की स्थापना होगी। यह अधिनायक तंत्र क्रांति के आदर्शों की पूर्ति के लिए मार्ग प्रशस्त करेगा।

—(भगत सिंह के संपूर्ण दस्तावेज, बमकांड के
सेशन कोर्ट में बयान, पृष्ठ-186)

* * *

अध्ययन

जो नौजवान दुनिया में कुछ तरक्की करना चाहते हैं, उन्हें वर्तमान युग में महान् तथा उच्च विचारों का अध्ययन करना चाहिए।

—*(भगत सिंह के संपूर्ण दस्तावेज, अराजकतावाद-1, पृष्ठ-129)*

* * *

आध्यात्मवादी

हमारा देश बहुत आध्यात्मवादी है, लेकिन हम मनुष्य को मनुष्य का दर्जा देते हुए भी झिझकते हैं, जबकि पूर्ण तथा भौतिकवादी कहलाने वाला यूरोप कई सदियों से इनकलाब की आवाज उठा रहा है। उसने अमेरिका और फ्रांस की क्रांतियों के दौरान ही समानता की घोषणा कर दी थी। आज रूस ने भी हर प्रकार का भेदभाव मिटाकर क्रांति के लिए कमर कस ली है।

—*(भगत सिंह के संपूर्ण दस्तावेज, अछूत समस्या, पृष्ठ-156)*

* * *

अनिवार्य

मनुष्य का रक्त बहाने के लिए हमें खेद है, परंतु क्रांति की वेदी पर कभी-कभी रक्त बहाना अनिवार्य हो जाता है। हमारा उद्देश्य एक ऐसी क्रांति से है जो मनुष्य द्वारा मनुष्य के शोषण का अंत कर देगी।

—*(भगत सिंह के संपूर्ण दस्तावेज, धमाकों की गूँज, पृष्ठ-174)*

* * *

आलोचना तथा स्वतंत्र विचार, दोनों ही एक क्रांतिकारी के अनिवार्य गुण हैं।

—(भगत सिंह के संपूर्ण दस्तावेज,
मैं नास्तिक क्यों हूँ?, पृष्ठ-256)

* * *

निर्माण के लिए ध्वंस आवश्यक ही नहीं, अनिवार्य है।

—(भगत सिंह के संपूर्ण दस्तावेज,
'ड्रीमलैंड' की भूमिका, पृष्ठ-267)

* * *

अनुचित

हमारे इनकलाब का अर्थ पूँजीवादी युद्धों की मुसीबतों का अंत करना है। मुख्य उद्देश्य और उसे प्राप्त करने की प्रक्रिया समझे बिना किसी के संबंध में निर्णय देना उचित नहीं। गलत बातें हमारे साथ जोड़ना साफ-साफ अन्याय है।

—(भगत सिंह के संपूर्ण दस्तावेज, बमकांड
पर हाईकोर्ट में बयान, पृष्ठ-190)

* * *

केवल यह कह देना कि दूसरा कोई इस काम को कर लेगा या इस कार्य को करने के लिए बहुत लोग हैं, किसी प्रकार भी उचित नहीं कहा जा सकता।

—(भगत सिंह के संपूर्ण दस्तावेज, सुखदेव को भूख हड़ताल के
दौरान एक पत्र, पृष्ठ-223)

* * *

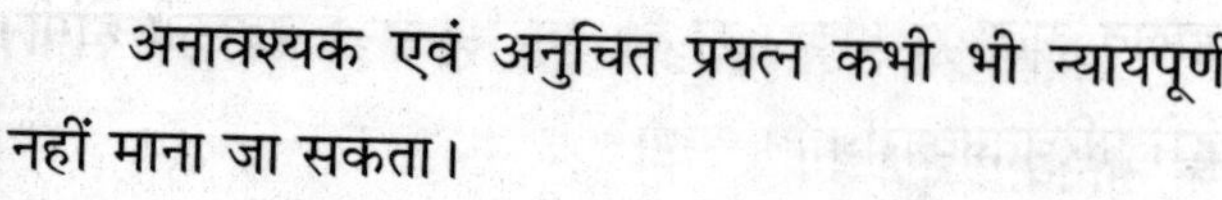

अनावश्यक एवं अनुचित प्रयत्न कभी भी न्यायपूर्ण नहीं माना जा सकता।

—(भगत सिंह के संपूर्ण दस्तावेज, सुखदेव को भूख हड़ताल के दौरान एक पत्र पृष्ठ–223)

* * *

अन्याय

एक क्रांतिकारी जब कुछ बातों को अपना अधिकार मान लेता है तो वह उनकी माँग करता है, अपनी उस माँग के पक्ष में दलीलें देता है, समस्त आत्मिक–शक्ति के द्वारा उन्हें प्राप्त करने की इच्छा करता है, उसकी प्राप्ति के लिए अत्यधिक कष्ट सहन करता है, इसके लिए वह बड़े से बड़ा त्याग करने के लिए प्रस्तुत रहता है और उसके समर्थन में वह अपना समस्त शारीरिक बल–प्रयोग भी करता है। इसके इन प्रयत्नों को आप चाहे जिस नाम से पुकारें, परंतु आप इन्हें हिंसा के नाम से संबोधित नहीं कर सकते, क्योंकि ऐसा करना कोश में दिए गए इस शब्द के अर्थ के साथ अन्याय होगा।

—(भगत सिंह के संपूर्ण दस्तावेज, बम का दर्शन, पृष्ठ–240)

* * *

अन्यायी-प्रबंध

वे लोग जो महल बनाते हैं और झोंपड़ियों में रहते हैं, वे लोग जो सुंदर–सुंदर आरामदायक चीजें बनाते हैं, स्वयं पुरानी और गंदी चटाइयों पर सोते हैं। ऐसी स्थितियाँ यदि भूतकाल में रही हैं तो भविष्य में क्यों नहीं बदलाव आना चाहिए? यदि हम चाहते हैं कि देश की जनता की

हालत आज से अच्छी हो तो यह स्थितियाँ बदलनी होंगी। हमें परिवर्तनकारी होना होगा।

—(भगत सिंह के संपूर्ण दस्तावेज,
अराजकतावाद-3, पृष्ठ-147)

* * *

अपमान

अपमान से भरी गुलामी की जिंदगी से तो मौत हजार दर्जा अच्छी है।

—(भगत सिंह के संपूर्ण दस्तावेज,
शहीद करतार सिंह सराभा, पृष्ठ-114)

* * *

अपरम्पार

ये पगले लोग न जाने कहाँ से आ गए, जिन्हें न मृत्यु का भय था, न जीने की चाह; कार्य-क्षेत्र में हँसे, युद्ध-क्षेत्र में हँसे, फाँसी के तख्ते पर भी मुस्करा दिए। उनकी महिमा अपरम्पार है।

'हों फरिश्ते भी फिदा जिन पर ये वो इनसान हैं!'

—(भगत सिंह के संपूर्ण दस्तावेज,
डॉ. मथुरा सिंह, पृष्ठ-112)

* * *

अपराध

क्या यह अपराध नहीं है कि ब्रिटेन ने भारत में अनैतिक शासन किया? हमें भिखारी बनाया तथा हमारा समस्त खून चूस लिया? एक जाति और मानवता के नाते हमारा घोर अपमान तथा शोषण किया गया।

क्या जनता अब भी चाहती है कि इस अपमान को भुलाकर हम ब्रिटिश शासकों को क्षमा कर दें? हम बदला लेंगे, जो जनता द्वारा शासकों से लिया गया न्यायोचित बदला होगा। कायरों को पीठ दिखाकर समझौता और शांति की आशा से चिपके रहने दीजिए। हम किसी से दया की भिक्षा नहीं माँगते हैं और हम भी किसी को क्षमा नहीं करेंगे। हमारा युद्ध विजय या मृत्यु के निर्णय तक चलता ही रहेगा।

—*(भगत सिंह के संपूर्ण दस्तातेज,*
बम का दर्शन, पृष्ठ-247)

* * *

भारतीयता का अभाव

मुसलमानों में भारतीयता का सर्वथा अभाव है, इसीलिए वे समस्त भारत में भारतीयता का महत्त्व न समझकर अरबी लिपि तथा फारसी भाषा का प्रचार करना चाहते हैं। समस्त भारत की एक भाषा, और वह भी हिंदी होने का महत्त्व उनकी समझ में नहीं आता। इसलिए वे तो अपनी उर्दू की रट लगाते रहे और एक ओर बैठ गए।

—*(भगत सिंह के संपूर्ण दस्तावेज, पंजाबी की भाषा*
और लिपि की समस्या, पृष्ठ-42)

* * *

अमूल्य

कितने ही भारी कष्ट व कठिनाइयाँ क्यों न हों, आपकी हिम्मत न काँपे। कोई भी पराजय या धोखा आपका दिल न तोड़ सके। कितने भी कष्ट क्यों न आएँ, आपका क्रांतिकारी जोश ठंडा न पड़े। कष्ट सहने

और कुरबानी करने के सिद्धांत से आप सफलता हासिल करेंगे और यह व्यक्तिगत सफलताएँ क्रांति की अमूल्य संपत्ति होंगी।

—(भगत सिंह के संपूर्ण दस्तावेज, क्रांतिकारी कार्यक्रम का मसौदा, पृष्ठ–280)

* * *

अराजकतावाद

अराजकतावाद तो एक बहुत ऊँचा आदर्श है। उस ऊँचे आदर्श तक तो हमारी साधारण जनता क्या सोचती, क्योंकि वे तो राज–परिवर्तनकारियों के आगे युगांतरकारी भी नहीं थे। वे लोग मात्र राज–परिवर्तनकारी थे।

—(भगत सिंह के संपूर्ण दस्तावेज, अराजकतावाद–1, पृष्ठ–129)

* * *

अवगत

हम क्रांतिकारी होने के नाते अतीत के समस्त अनुभवों से पूर्णतया अवगत हैं। इसलिए हम नहीं मान सकते कि हमारे शासकों और विशेषकर अंग्रेज जाति की भावनाओं में इस प्रकार का आश्चर्यजनक परिवर्तन उत्पन्न हो सकता है। इस प्रकार परिवर्तन क्रांति के बिना संभव ही नहीं है।

—(भगत सिंह के संपूर्ण दस्तावेज, सुखदेव को भूख हड़ताल के दौरान एक और पत्र, पृष्ठ–226)

* * *

अवसर

जेलों में और केवल जेलों में ही कोई व्यक्ति अपराध एवं पाप जैसे महान् सामाजिक विषय का प्रत्यक्ष अध्ययन करने का अवसर पा सकता है।

—*(भगत सिंह के संपूर्ण दस्तावेज, सुखदेव को भूख हड़ताल के दौरान एक पत्र, पृष्ठ–223)*

* * *

अहिंसा

अहिंसा सभी जन–आंदोलनों का अनिवार्य सिद्धांत होना चाहिए।

—*(भगत सिंह के संपूर्ण दस्तावेज, मैं नास्तिक क्यों हूँ?, पृष्ठ–254)*

* * *

आंदोलन

सभी आंदोलनों का इतिहास यह बताता है कि आजादी के लिए लड़ने वाले लोगों का एक अलग ही वर्ग बन जाता है, जिनमें न दुनिया का मोह होता है और न पाखंडी साधुओं–जैसा दुनिया का त्याग ही। जो सिपाही तो होते थे, लेकिन झगड़े के लिए लड़ने वाले नहीं, बल्कि सिर्फ अपने फर्ज के लिए या जिस किसी काम के लिए कहें, वे निष्कामभाव से लड़ते और मरते थे। सिक्ख इतिहास यही कुछ था, मराठों का आंदोलन भी यही कुछ बताता है। राणा प्रताप के साथी राजपूत भी इसी तरह के योद्धा थे। बुंदेलखंड के वीर छत्रसाल के साथी भी ऐसे ही थे।

—*(भगत सिंह के संपूर्ण दस्तावेज, कूका विद्रोह–2, पृष्ठ–93)*

* * *

आतंकवाद

आतंकवाद संपूर्ण क्रांति नहीं और क्रांति भी आतंकवाद के बिना पूर्ण नहीं। यह तो क्रांति का एक आवश्यक अंग है।

—(भगत सिंह के संपूर्ण दस्तावेज, बम का दर्शन, पृष्ठ–241)

* * *

आतंकवाद आततायी के मन में भय पैदा कर, पीड़ित जनता में प्रतिशोध की भावना जागृत् कर, उसे शक्ति प्रदान करता है।

—(भगत सिंह के संपूर्ण दस्तावेज, बम का दर्शन, पृष्ठ–241)

* * *

आतुर

भूख और दुःख से आतुर होकर मनुष्य सभी सिद्धांत ताक पर रख देता है। सच है, मरता क्या न करता!

—(भगत सिंह के संपूर्ण दस्तावेज, सांप्रदायिक दंगे और उनका इलाज, पृष्ठ–154)

* * *

आत्महत्या

आत्महत्या एक घृणित अपराध है, यह पूर्णतः कायरता का कार्य है।

—(भगत सिंह के संपूर्ण दस्तावेज, सुखदेव को भूख हड़ताल के दौरान एक और पत्र, पृष्ठ–222)

* * *

आदत

इनसान की धीरे-धीरे कुछ ऐसी आदतें हो गई हैं कि वह अपने लिए तो अधिक अधिकार चाहता है, लेकिन जो उनके मातहत हैं,उन्हें वह अपनी जूती के नीचे ही दबाए रखना चाहता है।

—(भगत सिंह के संपूर्ण दस्तावेज, अछूत समस्या, पृष्ठ-160)

* * *

आदर्श

प्रयत्नशील होना एवं श्रेष्ठ और उत्कृष्ट आदर्श के लिए जीवन दे देना कदापि आत्महत्या नहीं कही जा सकती।

—(भगत सिंह के संपूर्ण दस्तावेज, सुखदेव को भूख हड़ताल के दौरान एक और पत्र, पृष्ठ-222)

* * *

संघर्ष में मरना एक आदर्श मृत्यु है।

—(भगत सिंह के संपूर्ण दस्तावेज, सुखदेव को भूख हड़ताल के दौरान एक और पत्र, पृष्ठ-222)

* * *

मृत्यु के पश्चात् मित्र-शत्रु सब समान हो जाते हैं, यह आदर्श है पुरुषों का।

—(भगत सिंह के संपूर्ण दस्तावेज, होली के दिन रक्त के छींटे, पृष्ठ-56)

* * *

बहुत से आदर्शवादी सज्जन समस्त जगत् को एक राष्ट्र, विश्व-राष्ट्र बना हुआ देखना चाहते हैं। यह आदर्श बहुत सुंदर है। हमको भी इसी आदर्श को सामने रखना चाहिए। उस पर पूर्णतया आज व्यवहार नहीं किया जा सकता, परंतु हमारा हर एक कदम, हमारा हर एक कार्य इस संसार की समस्त जातियों, देशों तथा राष्ट्रों को एक सुदृढ़ सूत्र में बाँधकर सुख-वृद्धि करने के विचार से उठना चाहिए। उससे पहले हमको अपने देश में यही आदर्श कायम करना होगा। *—(भगत सिंह के संपूर्ण दस्तावेज, पंजाब की भाषा और लिपि की समस्या, पृष्ठ-44)*

* * *

आदर्श-व्यवस्था

पुरानी व्यवस्था सदैव न रहे और वह नई व्यवस्था के लिए स्थान रिक्त करती रहे, जिससे कि एक आदर्श-व्यवस्था संसार को बिगड़ने से रोक सके—यह है हमारा वह अभिप्राय जिसको हृदय में रखकर हम 'इनकलाब जिंदाबाद' का नारा ऊँचा करते हैं।

—(भगत सिंह के संपूर्ण दस्तावेज, संपादक, 'मॉडर्न रिव्यू' के नाम पत्र, पृष्ठ-229)

* * *

आदर्श स्थिति

बौद्धिक स्तर पर सामान्य व्यक्ति होते हैं, पर वह सबसे उच्च आदर्श स्थिति होगी जब मनुष्य प्यार, घृणा और अन्य सभी भावनाओं पर नियंत्रण पा लेगा। *—(भगत सिंह के संपूर्ण दस्तावेज, सुखदेव के नाम पत्र, पृष्ठ-178)*

* * *

आधार

समस्त शक्ति का आधार मनुष्य है। कोई व्यक्ति या सरकार किसी भी ऐसी शक्ति की हकदार नहीं है जो जनता ने उसको न दी हो।

—(भगत सिंह के संपूर्ण दस्तावेज,
अदालत एक ढकोसला है, पृष्ठ–209)

* * *

आध्यात्मिक भावना

साधारण भारतीय साधारण मानव के समान ही अहिंसा तथा अपने शत्रु से प्रेम करने की आध्यात्मिक भावना को बहुत कम समझता है। संसार का तो यही नियम है—तुम्हारा एक मित्र है, तुम उससे स्नेह करते हो, कभी-कभी तो इतना अधिक कि तुम उसके लिए अपने प्राण भी दे देते हो। तुम्हारा शत्रु है, तुम उससे किसी प्रकार का संबंध नहीं रखते। क्रांतिकारियों का यह सिद्धांत नितांत सत्य, सरल और सीधा है और यह ध्रुव-सत्य आदम और हौवा के समय से चला आ रहा है तथा इसे समझने में कभी किसी को कठिनाई नहीं हुई।

—(भगत सिंह के संपूर्ण दस्तावेज,
बम का दर्शन, पृष्ठ–243)

* * *

आलोचना

क्रांतिकारी अपने सिद्धांतों तथा कार्यों की आलोचना से नहीं घबराते हैं, बल्कि वे आलोचना का स्वागत करते हैं, क्योंकि वे इसे इस बात का स्वर्णावसर मानते हैं कि ऐसा करने से उन्हें उन लोगों को क्रांतिकारियों के

मूलभूत सिद्धांतों तथा उच्च आदर्शों को, जो उनकी प्रेरणा तथा शक्ति के अनवरत स्रोत हैं, समझाने का अवसर मिलता है।

—(भगत सिंह के संपूर्ण दस्तावेज, बम का दर्शन, पृष्ठ-239)

❋ ❋ ❋

आवश्यक

विदेशी शोषक नौकरशाही जो चाहे करे,परंतु उसकी वैधानिकता की नकाब फाड़ देना आवश्यक है।

—(भगत सिंह के संपूर्ण दस्तावेज, असेंबली हाल में फेंका गया पर्चा, पृष्ठ-175)

❋ ❋ ❋

इनकलाब

पिस्तौल और बम इनकलाब नहीं लाते, बल्कि इनकलाब की तलवार विचारों की सान पर तेज होती है। *—(भगत सिंह के संपूर्ण दस्तावेज, बम कांड पर हाईकोर्ट में बयान, पृष्ठ-190)*

❋ ❋ ❋

हमें 'इनकलाब' शब्द का अर्थ भी कोरे शाब्दिक अर्थ में नहीं लगाना चाहिए। इस शब्द का उचित एवं अनुचित प्रयोग करने वाले लोगों के हितों के आधार पर इसके साथ विभिन्न अर्थ एवं विभिन्न विशेषताएँ जोड़ी जाती हैं। क्रांतिकारी की दृष्टि में यह एक पवित्र वाक्य है। *—(भगत सिंह के संपूर्ण दस्तावेज, संपादक, 'मॉडर्न रिव्यू' के नाम पत्र, पृष्ठ-228-229)*

❋ ❋ ❋

इनसान

सब इनसान समान हैं तथा न तो जन्म से कोई भिन्न पैदा हुआ और न कार्य विभाजन से। एक आदमी गरीब मेहतर के घर पैदा हो गया है, इसलिए जीवन भर मैला ही साफ करेगा और दुनिया में किसी तरह के विकास का काम पाने का उसे कोई हक नहीं है, ये बातें फिजूल हैं।

—(भगत सिंह के संपूर्ण दस्तावेज, अछूत समस्या, पृष्ठ–158)

* * *

इच्छानुसार

प्रत्येक मनुष्य की आवश्यकताओं की पूर्ति होती रहे, सभी कार्य उसकी इच्छानुसार होते रहें, तब कोई पाप या जुर्म न होगा।

—(भगत सिंह के संपूर्ण दस्तावेज, अराजकतावाद–2, पृष्ठ–134)

* * *

इलाज

सभी दंगों का इलाज यदि कोई हो सकता है तो वह भारत की आर्थिक दशा में सुधार से ही हो सकता है, क्योंकि भारत के आम लोगों की आर्थिक दशा इतनी खराब है कि एक व्यक्ति दूसरे व्यक्ति को चवन्नी देकर किसी और को अपमानित करवा सकता है।

—(भगत सिंह के संपूर्ण दस्तावेज, सांप्रदायिक दंगे और उनका इलाज, पृष्ठ–154)

* * *

इस्तेमाल

हमेशा से स्वार्थियों ने, पूंजीपतियों ने धर्म को अपनी-अपनी स्वार्थ सिद्धि के लिए इस्तेमाल किया है। इतिहास इसका साक्षी है।

—(भगत सिंह के संपूर्ण दस्तावेज, अराजकतावाद-1, पृष्ठ-132)

* * *

उद्देश्य

मेरी जिंदगी मकसदे आला यानी आजादी-ए-हिंद के उसूल के लिए वक्फ हो चुकी है। इसलिए मेरी जिंदगी में आराम और दुनियावी खाहशात बायसे कशिश नहीं है।

—(भगत सिंह के संपूर्ण दस्तावेज, घर को अलविदा : पिताजी के नाम पत्र, पृष्ठ-38)

* * *

यदि उद्देश्य की उपेक्षा की जाए तो किसी हुकूमत को क्या अधिकार है कि समाज के व्यक्तियों से न्याय को कहे? उदे्दश्य की उपेक्षा की जाए तो हर धर्म-प्रचारक झूठ का प्रचारक दिखाई देगा और हरेक पैगंबर पर अभियोग लगेगा कि उसने करोड़ों भोले और अनजान लोगों को गुमराह किया।

—(भगत सिंह के संपूर्ण दस्तावेज, बमकांड पर हाईकोर्ट में बयान, पृष्ठ-188)

* * *

जब तक अभियुक्त की मनोभावना का पता न लगाया जाए, उसके

असली उद्देश्य का पता नहीं चल सकता। यदि उद्देश्य को पूरी तरह भुला दिया जाए तो किसी भी व्यक्ति के साथ न्याय नहीं हो सकता, क्योंकि उद्देश्य को नजरों में न रखने पर संसार के बड़े-बड़े सेनापति हत्यारे नजर आएँगे, सरकारी कर वसूल करने वाले अधिकारी चोर, जालसाज दिखाई देंगे और न्यायाधीशों पर भी कत्ल करने का अभियोग लगेगा।

—(भगत सिंह के संपूर्ण दस्तावेज,
बमकांड पर हाईकोर्ट में बयान, पृष्ठ-188)

* * *

उपेक्षा

बलि के बकरों की भाँति शोषकों—और सबसे शोषक स्वयं सरकार है—की बलिवेदी पर आए दिन होने वाली मजदूरों की इन मूक कुरबानियों को देखकर जिस किसी का दिल रोता है, वह अपनी आत्मा की चीत्कार की उपेक्षा नहीं कर सकता।

—(भगत सिंह के संपूर्ण दस्तावेज,
बमकांड पर सेशन कोर्ट में बयान, पृष्ठ-182)

* * *

एकता

जब तक हम अपनी तंगदिली छोड़कर एक न होंगे, तब तक हममें वास्तविक एकता नहीं हो सकती।

—(भगत सिंह के संपूर्ण दस्तावेज, धर्म और हमारा
स्वतंत्रता-संग्राम, पृष्ठ-151)

* * *

एकत्र

यदि धर्म को अलग कर दिया जाए तो राजनीति पर हम सभी इकट्ठे हो सकते हैं। धर्मों में हम चाहे अलग-अलग ही रहें। —*(भगत सिंह के संपूर्ण दस्तावेज, सांप्रदायिक दंगे और उनका इलाज, पृष्ठ-155)*

एकमात्र

साम्राज्यवादियों को गद्दी से उतारने के लिए भारत का एकमात्र हथियार श्रमिक-क्रांति है। —*(भगत सिंह के संपूर्ण दस्तावेज, क्रांतिकारी कार्यक्रम का मसौदा, पृष्ठ-283)*

***

औचित्य

जो लोग क्रांतिकारी क्षेत्र के कार्यों का भार दूसरे लोगों पर छोड़ने को अप्रतिष्ठापूर्ण एवं घृणित समझते हैं, उन्हें पूरी लगन के साथ वर्तमान व्यवस्था के विरुद्ध संघर्ष आरंभ कर देना चाहिए। उन्हें चाहिए कि वे उन विधियों का उल्लंघन करें, परंतु उन्हें औचित्य का ध्यान रखना चाहिए।

—*(भगत सिंह के संपूर्ण दस्तावेज, सुखदेव के भूख हड़ताल के दौरान एक और पत्र, पृष्ठ-223)*

* * *

कठोर

आजीवन कारावास मौत की अपेक्षा कहीं अधिक कठोर दंड है।

—*(भगत सिंह के संपूर्ण दस्तावेज, 'ड्रीमलैंड' की भूमिका, पृष्ठ-265)*

* * *

कमजोर

बच्चे से यह कहना कि ईश्वर ही सर्वशक्तिमान है, मनुष्य कुछ भी नहीं, मिट्टी का पुतला है–बच्चे को हमेशा के लिए कमजोर बनाना है। उसके दिल की ताकत और उसके आत्मविश्वास की भावना को ही नष्ट कर देना है।

—*(भगत सिंह के संपूर्ण दस्तावेज, सामाजिक और राजनीतिक विषयों पर चिंतन, पृष्ठ–149)*

* * *

कमजोरी

मैं कोई शेखी नहीं बघारता कि मैं मानवीय कमजोरियों से बहुत ऊपर हूँ। मैं एक मनुष्य हूँ और इससे अधिक कुछ नहीं। कोई भी इससे अधिक होने का दावा नहीं कर सकता। एक कमजोरी मेरे अंदर भी है। अहंकार मेरे स्वभाव का अंग है।

—*(भगत सिंह के संपूर्ण दस्तावेज, मैं नास्तिक क्यों हूँ ?, पृष्ठ–251)*

* * *

कर्तव्य

भारत को हरसंभव उपाय से स्वतंत्र करवाना ही प्रत्येक भारतवासी का सर्वप्रथम कर्तव्य है।

—*(भगत सिंह के संपूर्ण दस्तावेज, श्री बलवंत सिंह, पृष्ठ–105)*

* * *

प्रयत्न तथा प्रयास करना मनुष्य का कर्तव्य है, सफलता तो संयोग तथा वातावरण पर निर्भर है।

—*(भगत सिंह के संपूर्ण दस्तावेज, मैं नास्तिक क्यों हूँ?, पृष्ठ-257)*

* * *

हर मनुष्य को अपने श्रम का फल पाने का अधिकार है और प्रत्येक राष्ट्र अपने मूलभूत प्राकृतिक संसाधनों का पूर्ण स्वामी है। अगर कोई सरकार जनता को उसके इन मूलभूत अधिकारों से वंचित रखती है तो जनता का केवल यह अधिकार ही नहीं, आवश्यक कर्तव्य भी बन जाता है कि ऐसी सरकार को समाप्त कर दे।

—*(भगत सिंह के संपूर्ण दस्तावेज, अदालत एक ढकोसला है, पृष्ठ-210)*

* * *

कामना

देश में मुक्ति की कामना जिस तरह बढ़ रही है, उसमें सांप्रदायिक भावना ने और कोई लाभ पहुँचाया हो अथवा नहीं, लेकिन एक लाभ जरूर पहुँचाया है। अधिक अधिकारों की माँग के लिए अपनी कौम की संख्या बढ़ाने की चिंता सभी को हुई।

—*(भगत सिंह के संपूर्ण दस्तावेज, अछूत समस्या, पृष्ठ-158)*

* * *

कानून

कानून और कोर्ट शक्तिशाली लोगों के लिए होते हैं, न कि पराधीन देशवालों के लिए।

—*(भगत सिंह के संपूर्ण दस्तावेज, डॉ. मथुरा सिंह, पृष्ठ-110)*

* * *

कानून आदमियों के लिए है, आदमी कानून के लिए नहीं है।

—(भगत सिंह के संपूर्ण दस्तावेज,
बमकांड पर हाईकोर्ट में बयान, पृष्ठ–189)

* * *

यदि कानून उद्देश्य नहीं देखता, तो न्याय नहीं हो सकता और न ही स्थाई शांति स्थापित हो सकती है।

—(भगत सिंह के संपूर्ण दस्तावेज,
बमकांड पर हाईकोर्ट में बयान, पृष्ठ–189)

* * *

कानून की पवित्रता तभी तक रखी जा सकती है, जब तक वह जनता के दिल, यानी भावनाओं को प्रकट करता है। जब यह शोषणकारी समूह के हाथों में एक पुर्जा बन जाता है, तब वह अपनी पवित्रता और महत्त्व खो बैठता है।

—(भगत सिंह के संपूर्ण दस्तावेज,
अदालत एक ढकोसला है, पृष्ठ–211)

* * *

ज्यों ही कानून सामाजिक आवश्यकताओं को पूरा करना बंद कर देता है, त्यों ही जुल्म और अन्याय को बढ़ाने का हथियार बन जाता है।

—(भगत सिंह के संपूर्ण दस्तावेज,
अदालत एक ढकोसला है, पृष्ठ–211)

* * *

कायरता

कष्टों से भागना कायरता है।

—(*भगत सिंह के संपूर्ण दस्तावेज, सुखदेव को भूख हड़ताल के दौरान एक और पत्र, पृष्ठ-221*)

* * *

कारीगरी

हिंदू सभाएँ और कांग्रेस मंडल खोलने की अपेक्षा हुनरशालाएँ स्थापित करने में हमें अपनी सब शक्तियों को लगा देना चाहिए। कारीगरी ही हमको बेकारी, पराधीनता और निर्धनता से बचा सकती है।

—(*भगत सिंह के संपूर्ण दस्तावेज, चित्र-परिचय, पृष्ठ-86*)

* * *

कार्य

एक मनुष्य एक ही विशेष मकसद को सामने रखकर काम नहीं करता।

—(*भगत सिंह के संपूर्ण दस्तावेज, राजनीतिक मामलों की पैरवी पर, पृष्ठ-217*)

* * *

व्यक्तिगत कार्य लोगों की सहानुभूति जीतने के लिए होते हैं। हम कभी-कभी इनको अपने कार्यों के द्वारा प्रोपेगैंडा का नाम दे देते हैं।

—(*भगत सिंह के संपूर्ण दस्तावेज, राजनीतिक मामलों की पैरवी पर, पृष्ठ-218*)

* * *

मानव किसी भी कार्य को उचित मानकर ही करता है।

—(भगत सिंह के संपूर्ण दस्तावेज, सुखदेव को भूख हड़ताल के दौरान एक और पत्र, पृष्ठ– 222)

* * *

कार्य करने के पश्चात् उसका परिणाम और उसका फल भोगने की बारी आती है।

—(भगत सिंह के संपूर्ण दस्तावेज, सुखदेव को भूख हड़ताल के दौरान एक और पत्र, पृष्ठ–222)

* * *

काल्पनिक

मनुष्य ने अपनी सीमाओं, दुर्बलताओं व कमियों को समझने के बाद, परीक्षा की घड़ियों का बहादुरी से सामना करने, स्वयं को उत्साहित करने, सभी खतरों को मर्दानगी के साथ झेलने तथा संपन्नता एवं ऐश्वर्य में उसके विस्फोट को बाँधने के लिए ईश्वर के काल्पनिक अस्तित्व की रचना की।

—(भगत सिंह के संपूर्ण दस्तावेज, मैं नास्तिक क्यों हूँ?, पृष्ठ–263)

* * *

क्रांति

क्रांति—(इनकलाब) का अर्थ अनिवार्य रूप में सशस्त्र आंदोलन नहीं होता। बम और पिस्तौल कभी-कभी क्रांति को सफल बनाने के साधन मात्र हो सकते हैं। इसमें भी संदेह नहीं है कि कुछ आंदोलनों में बम एवं पिस्तौल एक महत्त्वपूर्ण साधन सिद्ध होते है, परंतु केवल इसी

कारण से बम और पिस्तौल क्रांति के पर्यायवाची नहीं हो जाते।

—*(भगत सिंह के संपूर्ण दस्तावेज, संपादक, 'मॉडर्न रिव्यू' के नाम पत्र, पृष्ठ-229)*

* * *

क्रांति करना बहुत कठिन काम है। यह किसी एक आदमी के वश की बात नहीं है और न ही यह किसी निश्चित तारीख को आ सकती है। यह तो विशेष सामाजिक-आर्थिक परिस्थितियों से पैदा होती है और एक संगठित पार्टी को ऐसे अवसर को सँभालना होता है और जनता को इसके लिए तैयार करना होता है। इस सबके लिए क्रांतिकारी कार्यकर्ताओं को अनेक कुरबानियाँ देनी होती हैं।

—*(भगत सिंह के संपूर्ण दस्तावेज, क्रांतिकारी कार्यक्रम का मसौदा, पृष्ठ-278)*

* * *

क्रांति परिश्रमी विचारों और परिश्रमी कार्यकर्ताओं की पैदावार होती है।

—*(भगत सिंह के संपूर्ण दस्तावेज, क्रांतिकारी पार्टी, पृष्ठ-286)*

* * *

क्रांति के लिए खूनी लड़ाइयाँ अनिवार्य नहीं हैं और न ही उसमें व्यक्तिगत प्रतिहिंसा के लिए कोई स्थान है। वह बम और पिस्तौल का पर्याय नहीं है। क्रांति से हमारा अभिप्राय है—अन्याय पर आधारित मौजूदा समाज-व्यवस्था में आमूल-परिवर्तन।

—*(भगत सिंह के संपूर्ण दस्तावेज, बमकांड पर सेशन कोर्ट में बयान, पृष्ठ-185)*

* * *

—क्रांति से हमारा मतलब अंततोगत्वा एक ऐसी समाज-व्यवस्था की स्थापना से है जो इस प्रकार के संकटों से बरी होगी और जिसमें सर्वहारा वर्ग का आधिपत्य सर्वमान्य होगा और जिसके फलस्वरूप स्थापित होने वाला विश्व-संघ पीड़ित मानवता को पूँजीवाद के बंधनों से और साम्राज्यवादी-युद्ध की तबाही से छुटकारा दिलाने में समर्थ हो सकेगा।

—*(भगत सिंह के संपूर्ण दस्तावेज, बमकांड पर सेशन कोर्ट में बयान, पृष्ठ-186)*

* * *

क्रांति मानवजाति का जन्मसिद्ध अधिकार है, जिसका अपहरण नहीं किया जा सकता।

—*(भगत सिंह के संपूर्ण दस्तावेज, बमकांड पर सेशन कोर्ट में बयान, पृष्ठ-186)*

* * *

क्रांति की पूजा वेदी पर हम अपना यौवन नैवेद्य के रूप में लाए हैं, क्योंकि ऐसे महान् आदर्श के लिए बड़े-से-बड़ा त्याग भी कम है।

—*(भगत सिंह के संपूर्ण दस्तावेज, बमकांड पर सेशन कोर्ट में बयान, पृष्ठ-186)*

* * *

क्रांति तो केवल सतत कार्य करते रहने से, प्रयत्नों से, कष्ट सहन करने एवं बलिदानों से ही उत्पन्न की जा सकती है और की जाएगी।

—*(भगत सिंह के संपूर्ण दस्तावेज, सुखदेव को भूख हड़ताल के दौरान एक पत्र, पृष्ठ-226)*

* * *

क्रांति की भावना से मनुष्य जाति की आत्मा स्थाई तौर पर ओत-प्रोत रहनी चाहिए, जिससे कि रूढ़िवादी शक्तियाँ मानव-समाज की प्रगति की दौड़ में बाधा डालने के लिए संगठित न हो सकें।

—(भगत सिंह के संपूर्ण दस्तावेज,
'इंकलाब जिंदाबाद' क्या है?, पृष्ठ-229)

* * *

क्रांति पूँजीवाद, वर्गवाद तथा कुछ लोगों को ही विशेषाधिकार दिलाने वाली प्रणाली का अंत कर देगी। यह राष्ट्र को अपने पैरों पर खड़ा करेगी, उससे नवीन राष्ट्र और नए समाज का जन्म होगा। क्रांति से सबसे बड़ी बात तो यह होगी कि वह मजदूर तथा किसानों का राज्य कायम कर, उन सब सामाजिक अवांछित तत्त्वों को समाप्त कर देगी जो देश की राजनीतिक शक्ति को हथियाए बैठे हैं।

—(भगत सिंह के संपूर्ण दस्तावेज,
बम का दर्शन, पृष्ठ-240)

* * *

क्रांति का मतलब मात्र उथल-पुथल या एक खूनी संघर्ष नहीं है। जब हम क्रांति की बात करते हैं तो उसमें मौजूदा हालात —(अर्थात् सरकार) को पूरी तरह ध्वंस करने के बाद समाज के व्यवस्थित पुनर्गठन के कार्यक्रम की बात निहित है।

—(भगत सिंह के संपूर्ण दस्तावेज,
'ड्रीमलैंड' की भूमिका, पृष्ठ-265)

* * *

क्रांतिकारी

क्रांतिकारी अपने मानवीय गुणों के कारण मानवता के पुजारी हैं। हम शाश्वत और वास्तविक शांति चाहते हैं, जिसका आधार न्याय और समानता है। हम झूठी और दिखावटी शांति के समर्थक नहीं, जो बुजदिली से पैदा होती है और भालों और बंदूकों के सहारे जीवित रहती है। *—(भगत सिंह के संपूर्ण दस्तावेज, अदालत एक ढकोसला है, पृष्ठ-210)*

❋ ❋ ❋

एक क्रांतिकारी सबसे अधिक तर्क में विश्वास करता है। वह केवल तर्क-और-तर्क में ही विश्वास करता है। किसी प्रकार की गाली-गलौच या निंदा, चाहे फिर वह ऊँचे-से-ऊँचे स्तर से की गई हो, उसे अपने निश्चित उद्‌देश्य-प्राप्ति से वंचित नहीं कर सकती।

—(भगत सिंह के संपूर्ण दस्तावेज, बम का दर्शन, पृष्ठ-247)

❋ ❋ ❋

क्रांतिकारी अपने आदर्शों के लिए वीरता से बलिदान दे सकते हैं।

—(भगत सिंह के संपूर्ण दस्तावेज, बुटकेश्वर दत्त के नाम पत्र, पृष्ठ-235)

❋ ❋ ❋

क्रांतिकारी अपने आदर्शों के लिए केवल मर ही नहीं सकते, बल्कि जीवित रहकर हर मुसीबत का मुकाबला भी कर सकते हैं। मृत्यु सांसारिक कठिनाइयों से मुक्ति प्राप्त करने का साधन नहीं बननी चाहिए, बल्कि जो क्रांतिकारी संयोगवश फाँसी के फंदे से बच गए हैं, उन्हें जीवित

रहकर दुनिया को यह दिखा देना चाहिए कि वे न केवल अपने आदर्शों के लिए फाँसी पर चढ़ सकते हैं, बल्कि जेलों की अंधकारपूर्ण कोठरियों में घुल-घुलकर निष्कृटतम दर्जे के अत्याचारों को भी सहन कर सकते हैं।

—(भगत सिंह के संपूर्ण दस्तावेज, बटुकेश्वर दत्त के नाम पत्र, पृष्ठ-236)

* * *

क्रांतिकारी स्वतंत्रता प्राप्ति के लिए अपनी शारीरिक एवं नैतिक शक्ति, दोनों के प्रयोग में विश्वास करता है, परंतु नैतिक शक्ति का प्रयोग करनेवाले शारीरिक बल प्रयोग को निषिद्ध मानते हैं।

—(भगत सिंह के संपूर्ण दस्तावेज, बम का दर्शन, पृष्ठ-240)

* * *

क्रांतिकारी जिन तरीकों में विश्वास करता है, वे कभी असफल नहीं हुए।

—(भगत सिंह के संपूर्ण दस्तावेज, बम का दर्शन, पृष्ठ-241)

* * *

हमारे जैसे व्यक्तियों को, जो प्रत्येक दृष्टि से क्रांतिकारी होने का गर्व करते हैं, सदैव हर प्रकार से उन विपत्तियों, चिंताओं, दुःखों और कष्टों को सहन करने के लिए तत्पर रहना चाहिए, जिनको हम स्वयं आरंभ किए संघर्ष के द्वारा आमंत्रित करते हैं एवं जिनके कारण हम अपने आपको क्रांतिकारी कहते हैं।

—(भगत सिंह के संपूर्ण दस्तावेज, सुखदेव को भूख हड़ताल के दौरान एक पत्र, पृष्ठ-223)

* * *

लोग साधारणतया जीवन की परंपरागत दशाओं के साथ चिपक जाते हैं और परिवर्तन के विचार मात्र से ही काँपने लगते हैं। यही एक अकर्मण्यता की भावना है, जिसके स्थान पर क्रांतिकारी भावना जाग्रत् करने की आवश्यकता है।

—(भगत सिंह के संपूर्ण दस्तावेज, इनकलाब जिंदाबाद क्या है ?, पृष्ठ-229)

* * *

कुचलना

ऐसी सरकारें जो राष्ट्रों को लूटने के लिए एकजुट हो जाती हैं, उनमें तलवार की शक्ति के अलावा कोई आधार कायम रहने के लिए नहीं होता। इसीलिए वे वहशी ताकत के साथ मुक्ति और आजादी के विचार और लोगों की उचित इच्छाओं को कुचलती हैं।

—(भगत सिंह के संपूर्ण दस्तावेज, अदालत एक ढकोसला है, पृष्ठ-209)

* * *

कुरबानी

कुरबानियाँ कभी व्यर्थ नहीं जाया करतीं।

—(भगत सिंह के संपूर्ण दस्तावेज, श्री बलवंत सिंह, पृष्ठ-108)

* * *

कृतघ्नता

हमारे लिए, देश के लिए निष्कामभाव से मरनेवाले लोगों को भुला देना बड़ी भारी कृतघ्नता होगी।

—(भगत सिंह के संपूर्ण दस्तावेज, कूका विद्रोह-1, पृष्ठ-73)

* * *

कोशिश

स्वयं कोशिश किए बिना कुछ भी न मिल सकेगा।

—(भगत सिंह के संपूर्ण दस्तावेज,
अछूत समस्या, पृष्ठ–160)

✻ ✻ ✻

गरीबी

गरीबी का इलाज करो। ऊँचे-ऊँचे कुलों के गरीब लोग भी कोई कम गंदे नहीं रहते। गंदे काम करने का बहाना भी नहीं चल सकता, क्योंकि माताएँ बच्चों का मैला साफ करने से मेहतर तथा अछूत तो नहीं हो जातीं।

—(भगत सिंह के संपूर्ण दस्तावेज,
अछूत समस्या, पृष्ठ–159)

✻ ✻ ✻

घटना

घटनाएँ स्वयं हमारे अभिप्राय पर प्रकाश डालती हैं और हमारे इरादों की परख हमारे काम के परिणाम के आधार पर होनी चाहिए, न कि अटकल एवं मनगढ़ंत परिस्थितियों के आधार पर।

—(भगत सिंह के संपूर्ण दस्तावेज,
बमकांड पर सेशन कोर्ट में बयान, पृष्ठ–183)

✻ ✻ ✻

घमंड

घमंड या सही शब्दों में अहंकार तो स्वयं के प्रति अनुचित गर्व की अधिकता है।

—(भगत सिंह के संपूर्ण दस्तावेज,
मैं नास्तिक क्यों हूँ?, पृष्ठ–251)

✻ ✻ ✻

चाल

राजनीतिक चालों का महत्त्व उनकी सफलता पर निर्भर हुआ करता है।

—(भगत सिंह के संपूर्ण दस्तावेज,
कूका विद्रोह-1, पृष्ठ-78)

* * *

चेतावनी

सामयिक चेतावनी से, बशर्ते कि उसकी उपेक्षा न की जाए, लोगों की जानें बचाई जा सकती हैं और व्यर्थ की मुसीबतों से उनकी रक्षा की जा सकती है।

—(भगत सिंह के संपूर्ण दस्तावेज,
बमकांड पर सेशन कोर्ट में बयान, पृष्ठ-184)

* * *

छुपाना

बावजूद क्रांतिकारी विचारों के हम नैतिकता संबंधी सभी सामाजिक धारणाओं को नहीं अपना सके। क्रांतिकारी बातें करके इस कमजोरी को बहुत सरलता से छिपाया जा सकता है, लेकिन वास्तविक जीवन में हम थर-थर काँपना शुरू कर देते हैं।

—(भगत सिंह के संपूर्ण दस्तावेज,
सुखदेव के नाम पत्र, पृष्ठ-178)

* * *

जागृति

देश में जब एक बार जागृति फैल जाए, तब देश ज्यादा दिन सोया

नहीं रह सकता। कुछ ही दिनों बाद जनता बहुत जोश के साथ उठती तथा हमला बोलती है।

—*(भगत सिंह के संपूर्ण दस्तावेज, नए नेताओं के अलग-अलग विचार, पृष्ठ-167)*

* * *

जब जनता में जागृति होती है, तो उसके साथ जोश और बैचेनी होना भी अवश्यंभावी है। —*(भगत सिंह के संपूर्ण दस्तावेज, स्वाधीनता के आंदोलन में पंजाब का पहला उभार, पृष्ठ-126)*

* * *

जिंदगी

जो चीज जिंदगी को अनमोल बनाती है, उसे आँख से ओझल नहीं करना चाहिए।

—*(भगत सिंह के संपूर्ण दस्तावेज, राजनीतिक मामलों की पैरवी पर, पृष्ठ-219)*

* * *

जिंदगी बड़ी सख्त है और दुनिया बड़ी बे-मुरव्वत। सब लोग बड़े बेरहम हैं। सिर्फ मुहब्बत और हौसले से ही गुजारा हो सकेगा।

—*(भगत सिंह के संपूर्ण दस्तावेज, कुलबीर के नाम अंतिम पत्र, पृष्ठ-238)*

* * *

जिम्मेदारी

क्रांतिकारियों के सक्रिय ग्रुप की मुख्य जिम्मेदारी, जनता तक पहुँचने और उन्हें सक्रिय बनाने की तैयारी में होती है।

—*(भगत सिंह के संपूर्ण दस्तावेज, क्रांतिकारी पार्टी, पृष्ठ-286)*

* * *

जुदाई

जुदाई के पल बड़े बुरे होते हैं। जिन्हें फाँसी की सजा मिल गई, जिन्हें उम्र भर के लिए जेल में बंद कर दिया गया, उनके दिलों का हाल हम नहीं समझ सकते। *(भगत सिंह के संपूर्ण दस्तावेज, काकोरी के वीरों का परिचय, पृष्ठ-66)*

* * *

जेल

जेल सदा जेल ही रहेगी। बाहर के लोगों को आकर्षित करने के लिए जेल कोई चुंबकीय शक्ति नहीं होती और न ही कभी हो सकती है। केवल जेल आने के लिए कोई भी अपराध नहीं करता।

—(भगत सिंह के संपूर्ण दस्तावेज, गृह मंत्रालय, भारत सरकार को स्मरण पत्र, पृष्ठ-201)

* * *

टिक

फूँक-फूँककर कदम रखनेवाले महानुभाव स्वतंत्रता के संघर्ष में अधिक समय तक नहीं टिक सकते।

—(भगत सिंह के संपूर्ण दस्तावेज, स्वाधीनता के आंदोलन में पंजाब का पहला उभार, पृष्ठ-127)

* * *

डराना

जनता 'अराजकता' शब्द से बहुत डरती है। जब कोई व्यक्ति अपनी स्वतंत्रता के लिए कहीं से उनके सभी नौकरशाह और उनके पिट्ठू 'अनार्किस्ट-अनार्किस्ट' कहकर दुनिया को डराते हैं।

—(भगत सिंह के संपूर्ण दस्तावेज, अराजकतावाद-1, पृष्ठ-129)

* * *

दमन

जब दमन और शोषण सीमा से अधिक हो जाए, जब शांतिमय और खुले काम को कुचल दिया जाए, तब कुछ करनेवाले हमेशा गुप्त रूप से काम करना शुरू कर देते हैं और दमन देखते ही प्रतिशोध के लिए तैयार हो जाते हैं।

—(भगत सिंह के संपूर्ण दस्तावेज,
अराजकतावाद-3, पृष्ठ-137)

* * *

दावा

जो मुनष्य यथार्थवादी होने का दावा करता है उसे समस्त प्राचीन विश्वासों को चुनौती देनी होगी।

—(भगत सिंह के संपूर्ण दस्तावेज,
मैं नास्तिक क्यों हूँ ?, पृष्ठ-258)

* * *

दिलेराना

दिलेराना ढंग से हँसते-हँसते मेरे फाँसी चढ़ने की सूरत में हिंदुस्तानी माताएँ अपने बच्चों के भगत सिंह बनने की आरजू किया करेंगी और देश की आजादी के लिए कुरबानी देनेवालों की तादाद इतनी बढ़ जाएगी कि क्रांति को रोकना साम्राज्यवाद या तमाम शैतानी शक्तियों के बूते की बात नहीं रहेगी।

—(भगत सिंह के संपूर्ण दस्तावेज,
बलिदान से पहले साथियों को अंतिम पत्र, पृष्ठ-232)

* * *

दुःखद

सचमुच एक मित्र से जुदा होना, जो मुझे सगे भाइयों से भी अधिक प्रिय है, बहुत दुःखद है।

—*(भगत सिंह के संपूर्ण दस्तावेज, बटुकेश्वर दत्त की बहन प्रोमिला का पत्र, पृष्ठ–235)*

* * *

दुरदुराना

जो निम्नतम काम करके हमारे लिए सुविधाओं को उपलब्ध कराते हैं, उन्हें ही हम दुरदुराते हैं। पशुओं की हम पूजा कर सकते हैं, लेकिन इनसान को पास नहीं बिठा सकते।

—*(भगत सिंह के संपूर्ण दस्तावेज, अछूत समस्या, पृष्ठ–158)*

* * *

दुर्भाग्य

दुर्भाग्य से भारतीय क्रांति का बौद्धिक पक्ष हमेशा दुर्बल रहा है, इसलिए क्रांति की अत्यावश्यक चीजों और किए कामों के प्रभाव पर ध्यान नहीं दिया जाता रहा। इसलिए क्रांतिकारी को अध्ययन–मनन अपनी पवित्र जिम्मेदारी बना लेना चाहिए। —*(भगत सिंह क संपूर्ण दस्तावेज, क्रांतिकारी कार्यक्रम का मसौदा, पृष्ठ–286)*

* * *

दृढ़ता

मनुष्य को अपने विश्वासों पर दृढ़तापूर्वक अडिग रहने का प्रयत्न करना चाहिए। कोई नहीं कह सकता कि भविष्य में क्या घटना होने वाली है।

—*(भगत सिंह के संपूर्ण दस्तावेज, सुखदेव को भूख हड़ताल के दौरान एक पत्र, पृष्ठ–225)*

* * *

देश-सेवा

देश-सेवा करनी बहुत मुश्किल है, जबकि बातें करना खूब आसान है। जिन्होंने देश-सेवा के रास्ते पर कदम उठा लिया, वे लाख मुसीबतें झेलते हैं।

—(भगत सिंह के संपूर्ण दस्तावेज, शहीद करतार सिंह सराभा, पृष्ठ-114)

* * *

द्योतक

प्रशांत सागर रूपी भारतीय मानवता की ऊपरी शांति किसी भी समय फूट पड़नेवाले एक भीषण तूफान की द्योतक है। हमने तो उन लोगों के लिए सिर्फ खतरे की घंटी बजाई है जो आने वाले भयानक खतरे की परवाह किए बगैर तेज रफ्तार से आगे की तरफ भागे जा रहे हैं। हम लोगों को सिर्फ यह बतला देना चाहते हैं कि 'काल्पनिक अहिंसा' का युग अब समाप्त हो चुका है और आज की उठती हुई नई पीढ़ी को उसकी व्यर्थता में किसी भी प्रकार का संदेह नहीं रह गया है।

—(भगत सिंह के संपूर्ण दस्तावेज, बमकांड पर सेशन कोर्ट में बयान, पृष्ठ-182)

* * *

धर्म

धर्म व्यक्ति का व्यक्तिगत मामला है, इसमें दूसरे का कोई दखल नहीं। न ही इसे राजनीति में घुसाना चाहिए, क्योंकि यह सबको मिलकर एक जगह काम नहीं करने देता। इसलिए गदर पार्टी-जैसे आंदोलन

एकजुट व एकजान रहे, जिनमें सिख बढ़-चढ़कर फाँसियों पर चढ़े और हिंदू-मुसलमान भी पीछे नहीं रहे।

—(भगत सिंह के संपूर्ण दस्तावेज, सांप्रदायिक दंगे और उनका इलाज, पृष्ठ-155)

* * *

ध्येय

किसी भी राष्ट्र के लिए सर्वोच्च लक्ष्य-प्राप्ति का ध्येय सामने रखना अच्छा है, परंतु साथ में यह भी आवश्यक है कि इस लक्ष्य तक पहुँचने के लिए उन साधनों का उपयोग किया जाए, जो योग्य हों और जो पहले उपयोग में आ चुके हों, अन्यथा संसार के सम्मुख हमारे हास्यास्पद बनने का भय बना रहेगा।

—(भगत सिंह के संपूर्ण दस्तावेज, बम का दर्शन, पृष्ठ-246)

* * *

नवयुवक

भारत के नवयुवक अब वैसे धर्मों से, जो परस्पर लड़ाना व घृणा करना सिखाते हैं, तंग आकर हाथ धो रहे हैं और उनमें इतना खुलापन आ गया है कि वे भारत के लोगों को धर्म की नजर से —हिंदू-मुसलमान या सिख रूप में नहीं, वरन सभी को पहले इनसान समझते हैं, फिर भारतवासी।

—(भगत सिंह के संपूर्ण दस्तावेज, सांप्रदायिक दंगे और उनका इलाज, पृष्ठ-155)

* * *

निराशाजनक

श्री टेगार्ड विपक्षी दल के होने पर भी जतिन मुखर्जी, बंगाल के वीर क्रांतिकारी की मृत्यु पर शोक प्रकट करते हुए उनकी वीरता, देशप्रेम और कर्मशीलता की मुक्त कंठ से प्रशंसा कर सकते हैं, परंतु हम कायर, नरपशु एक क्षण के लिए भी आनंद-विलास छोड़ वीरों की मृत्यु पर आह तक भरने का साहस नहीं करते। कितनी निराशाजनक बात है!

—(भगत सिंह के संपूर्ण दस्तावेज,
होली के दिन रक्त के छींटे, पृष्ठ-56)

* * *

न्याय-विरोधी

आटे में संखिया —(जहर) मिलाना जुर्म नहीं, बशर्ते कि इसका उद्देश्य चूहों को मारना हो, लेकिन यदि इससे किसी आदमी को मार दिया जाए, यह कत्ल का अपराध बन जाता है। लिहाजा ऐसे कानूनों पर, जो युक्ति —(दलील) पर आधारित नहीं और न्याय के सिद्धांत के विरुद्ध हैं, उन्हें समाप्त कर देना चाहिए। ऐसे ही न्याय-विरोधी कानूनों के कारण बड़े-बड़े श्रेष्ठ बौद्धिक लोगों ने बगावत के कार्य किए हैं।

—(भगत सिंह के संपूर्ण दस्तावेज,
बम कांड पर हाईकोर्ट में बयान, पृष्ठ-189)

* * *

पक्षपाती

हिंदी के पक्षपाती सज्जनों से हम कहेंगे कि निश्चय ही हिंदी भाषा ही अंत में समस्त भारत की एक भाषा बनेगी, परंतु पहले से ही उसका

प्रचार करने से बहुत सुविधा होगी। फिर तो कोई भेद ही नहीं रहेगा और इसकी जरूरत है, इसलिए कि सर्वसाधारण को शिक्षित किया जा सके और यह अपनी भाषा के अपने साहित्य से ही हो सकता है। *(भगत सिंह के संपूर्ण दस्तावेज, पंजाबी की भाषा और लिपि की समस्या, पृष्ठ-45)*

* * *

पत्रकारिता

पत्रकारिता का व्यवसाय, जो किसी समय बहुत ऊँचा समझा जाता था, आज बहुत ही गंदा हो गया है। ये लोग एक-दूसरे के विरुद्ध बड़े-बड़े मोटे शीर्षक देकर लोगों की भावनाएँ भड़काते हैं और परस्पर सिर-फुटौव्वल करवाते हैं। एक-दो जगह ही नहीं, कितनी ही जगहों पर इसलिए दंगे हुए हैं कि स्थानीय अखबारों ने बड़े उत्तेजनापूर्ण लेख लिखे हैं। ऐसे लेखक, जिनका दिल व दिमाग ऐसे दिनों में भी शांत रहा हो, बहुत कम हैं। —*(भगत सिंह के संपूर्ण दस्तावेज, सांप्रदायिक दंगे और उनका इलाज, पृष्ठ-153)*

* * *

परिचय

अरे! रावण और बाली को मार गिरानेवाले रामचंद्र ने अपने विश्व-प्रेम का परिचय दिया था—भीलनी के जूठे-कूठे बेरों को खाकर। चचेरे भाइयों में घोर युद्ध करवा देनेवाले संसार से अन्याय को सर्वथा उठा देनेवाले कृष्ण ने परिचय दिया अपने विश्व-प्रेम का-सुदामा के कच्चे चावलों को फाँक जाने में।

—*(भगत सिंह के संपूर्ण दस्तावेज, विश्व प्रेम, पृष्ठ-51)*

* * *

परिणाम

परिणाम से ही तय होता है कि तरीके जायज थे या नाजायज, का सिद्धांत राजनीति के मैदान में प्रायः लागू होता है, अर्थात् यदि सफलता मिल जाए, तब तो चालें नेकनियती से भरी और सोच-समझकर चली गई कहलाती हैं और यदि कभी मिले असफलता तो बस फिर कुछ भी नहीं। —*(भगत सिंह के संपूर्ण दस्तावेज, कूका विद्रोह-2, पृष्ठ-95)*

* * *

परिस्थिति

सिक्ख गुरुओं ने अपने मत के प्रचार के साथ जब नवीन संप्रदाय सीमित करना शुरू किया, उस समय उन्होंने नवीन साहित्य की आवश्यकता भी अनुभव की और इसी विचार से गुरु अंगददेवजी ने गुरुमुखी लिपि बनाई। शताब्दियों तक निरंतर युद्ध और मुसलमानों के आक्रमणों के कारण पंजाब में साहित्य की कमी हो गई थी। हिंदी भाषा का भी लोप-सा हो गया था। इस समय किसी भारतीय लिपि को ही अपनाने के लिए उन्होंने कश्मीरी लिपि को अपना लिया। तत्पश्चात् गुरु अर्जुनदेवजी तथा भाई गुरु रामदासजी के प्रयत्न से आदि-ग्रंथ का संकलन हुआ। उन्होंने अपनी लिपि तथा अपना साहित्य बनाकर अपने मत को स्थाई रूप देने में यह बहुत प्रभावशाली तथा उपयोगी कदम उठाया था। उसके बाद ज्यों-ज्यों परिस्थिति बदलती गई, त्यों-त्यों साहित्य का प्रवाह भी बदलता गया। गुरुओं के निरंतर बलिदानों तथा कष्ट सहने से परिस्थिति बदलती गई। —*(भगत सिंह के संपूर्ण दस्तावेज, पंजाबी की भाषा और लिपि की समस्या, पृष्ठ-40)*

* * *

परीक्षा

तूफान और झंझावात के बीच अपने पाँवों पर खड़ा रहना कोई बच्चों का खेल नहीं है। परीक्षा की घड़ियों में अहंकार, यदि है, तो भाप बनकर उड़ जाता है।

—(भगत सिंह के संपूर्ण दस्तावेज,
मैं नास्तिक क्यों हूँ?, पृष्ठ-255)

* * *

पवित्रता

हम मानव जीवन को अकथनीय पवित्रता प्रदान करते हैं और किसी अन्य व्यक्ति को चोट पहुँचाने की बजाय हम मानव जाति की सेवा में हँसते-हँसते प्राण विसर्जित कर देंगे। हम साम्राज्यशाही की सेना के भाड़े के सैनिकों जैसे नहीं हैं जिनका काम ही नर-हत्या होता है। हम मानव जीवन का आदर करते हैं और बराबर उसकी रक्षा का प्रयत्न करते हैं। इसके बाद भी हम स्वीकार करते हैं कि हमने जानबूझकर असेंबली में बम फेंके।

—(भगत सिंह के संपूर्ण दस्तावेज,
बमकांड पर सेशन कोर्ट में बयान, पृष्ठ-183)

* * *

पाप

राजा के विरुद्ध विद्रोह हर धर्म में सदैव ही पाप रहा है।

—(भगत सिंह के संपूर्ण दस्तावेज,
मैं नास्तिक क्यों हूँ?, पृष्ठ-262)

* * *

पूजनीय

हम दुनियादारी क्या जानें! मौत के विचार तक से डरने वाले हम कायर लोग क्या जानें कि देश की खातिर कौम के लिए प्राण दे देने वाले लोग कितने ऊँचे, कितने पवित्र और कितने पूजनीय होते हैं।

—(भगत सिंह के संपूर्ण दस्तावेज,
श्री मदनलाल ढींगरा, पृष्ठ–90)

* * *

पेट

विश्व में जो भी काम होता है, उसकी तह में पेट का सवाल जरूर होता है।

—(भगत सिंह के संपूर्ण दस्तावेज,
सांप्रदायिक दंगे और उनका इलाज, पृष्ठ–154)

* * *

वास्तव में दुनिया को पेट का सवाल ही चला रहा है। इसके लिए ही धैर्य, संतोष आदि उपदेश गढ़े गए हैं।

—(भगत सिंह के संपूर्ण दस्तावेज,
अराजकतावाद–2, पृष्ठ–135)

* * *

प्रचार

अशांति फैलती है तो फैलने दो, परतंत्रता भी तो न होगी। अराजकता फैलती है तो फैलने दो, पराधीनता का भी तो सर्वनाश हो जाएगा। आह! उस कशमकश में कमजोर पिस जाएँगे। रोज–रोज का रोना बंद हो

जाएगा। निर्बल न रहेंगे, बलवानों में मैत्री होगी। बलिष्ठ लोगों में घनिष्ठता होगी। उनमें प्रेम होगा, संसार में विश्व-प्रेम का प्रचार हो सकेगा।

—(भगत सिंह के संपूर्ण दस्तावेज, विश्व-प्रेम, पृष्ठ-49)

❊ ❊ ❊

हमें प्रचार करना होगा, समता-समानता का। अत्याचार करना होगा जो उससे इनकारी हों। अराजकता फैलानी होगी उन राज्य-साम्राज्यों के स्थान पर, जो शक्तिमद से अंधे होकर करोड़ों की पीड़ा का कारण हो रहे हैं।

—(भगत सिंह के संपूर्ण दस्तावेज, विश्व-प्रेम, पृष्ठ-48)

❊ ❊ ❊

प्रतिक्रियावादी

विपत्तियों से बचने के लिए आत्महत्या कर लेने से जनता का मार्गदर्शन नहीं होगा, वरन् यह तो एक प्रतिक्रियावादी कार्य होगा।

—(भगत सिंह के संपूर्ण दस्तावेज, सुखदेव को भूख हड़ताल के दौरान एक पत्र, पृष्ठ-225)

❊ ❊ ❊

प्रतिवाद

हमारा उद्देश्य केवल उस शासन-व्यवस्था के विरुद्ध प्रतिवाद प्रकट करना था जिसके हर एक काम से उसकी अयोग्यता ही नहीं, वरन् अपकार करने की असीम क्षमता भी प्रकट होती है। इस विषय पर हमने जितना विचार किया, उतना ही हमें इस बात का दृढ़ विश्वास होता गया कि वह केवल संसार के सामने भारत की लज्जाजनक तथा

असहाय अवस्था का ढिंढोरा पीटने के लिए ही कायम है और वह एक गैर-जिम्मेदार तथा निरंकुश शासन का प्रतीक है। —*(भगत सिंह के संपूर्ण दस्तावेज, बम कांड पर सेशन कोर्ट में बयान, पृष्ठ-181)*

❋ ❋ ❋

प्रतिवाद तथा भावनाएँ ज्यादा देर तक नहीं चल सकतीं।

—*(भगत सिंह के संपूर्ण दस्तावेज, राजनीतिक मामलों की पैरवी पर, पृष्ठ-218)*

❋ ❋ ❋

प्रतीक

मेरा नाम हिंदुस्तानी-क्रांति का प्रतीक बन चुका है और क्रांतिकारी दल के आदर्शों और कुरबानियों ने मुझे बहुत ऊँचा उठा दिया है—इतना ऊँचा कि जीवित रहने की स्थिति में इससे ऊँचा मैं हर्गिज नहीं हो सकता। —*(भगत सिंह के संपूर्ण दस्तावेज, बलिदान से पहले साथियों को अंतिम पत्र, पृष्ठ-232)*

❋ ❋ ❋

प्रमाण

आज संसार ने देख लिया है कि हिंदुस्तान की जनता निष्प्राण नहीं हो गई है, उनका —(नौजवानों का) खून जम नहीं गया, वे अपने राष्ट्र के सम्मान के लिए प्राणों की बाजी लगा सकते हैं और यह प्रमाण देश के उन युवकों ने दिया है जिनकी स्वयं देश के नेता निंदा और अपमान करते हैं। —*(भगत सिंह के संपूर्ण दस्तावेज, धमाकों की गूँज, पृष्ठ-173)*

❋ ❋ ❋

प्रेम

मनुष्य के पास प्यार की एक ऐसी भावना होनी चाहिए, जिसे वह एक व्यक्ति-विशेष तक सीमित न करके सर्वव्यापी बना दे।

—*(भगत सिंह के संपूर्ण दस्तावेज, सुखदेव के नाम पत्र, पृष्ठ-178)*

* * *

प्यार सदैव मानव-चरित्र को ऊँचा करता है, कभी भी नीचा नहीं दिखाता, बशर्ते कि प्यार, प्यार हो।—*(भगत सिंह के संपूर्ण दस्तावेज, सुखदेव के नाम पत्र, पृष्ठ-178)*

* * *

सच्चा प्यार कभी भी सृजित नहीं किया जा सकता। यह अपने ही आप आता है—कब, कोई कह नहीं सकता?

—*(भगत सिंह के संपूर्ण दस्तावेज, सुखदेव के नाम पत्र, पृष्ठ-178)*

* * *

प्रेरणा

वर्तमान दशा को देखकर कौन कह सकता है कि ऐसा समय भी आ सकता है, जिस समय किसी के भय से नहीं, परंतु अपने हृदय की प्रेरणा से ही मनुष्य पाप-कर्म नहीं करेंगे। यदि उस दिन भी हमें किसी कल्पित-स्वर्ग की लिप्सा होगी, तो हम कह देंगे कि स्वर्ग कोई बड़ी वस्तु है ही नहीं।

—*(भगत सिंह के संपूर्ण दस्तावेज, विश्व-प्रेम, पृष्ठ-47-48)*

* * *

फर्ज

मजिस्ट्रेट का पहला व मुख्य फर्ज यह होता है कि उसका व्यवहार निष्पक्ष व दोनों पक्षों के ऊपर होना चाहिए।

—(भगत सिंह के संपूर्ण दस्तावेज, स्पेशल मजिस्ट्रेट, लाहौर के नाम, पृष्ठ-204)

* * *

बलवान

निर्बलों को एकबारगी पिस जाना होगा। वे समस्त संसार के अपराधी हैं। उन्होंने ही घोर अशांति फैला रखी है। सब बलवान् बनें, नहीं तो उस चक्की में पिसकर मलीदा हो जाएँगे।

—(भगत सिंह के संपूर्ण दस्तावेज, विश्व-प्रेम, पृष्ठ-49)

* * *

बचाव-नीति

बचाव-नीति —(डिफेंस पॉलिसी) अधिकतर अभियुक्त के अपने सोचने के ढंग पर आधारित होती है, पर यदि अभियुक्त न सिर्फ निडर हो, बल्कि हमेशा की तरह जोशीला भी रहे, तो जिस कार्य के लिए उसने अपनी जिंदगी का खतरा मोल लिया, उसे बयान में पहले लिया जाना चाहिए और व्यक्तिगत मसलों को बाद में।

—(भगत सिंह के संपूर्ण दस्तावेज, राजनीतिक मामलों की पैरवी पर, पृष्ठ-219)

* * *

बलिदान

मैं आशाओं और आकांक्षाओं से भरपूर जीवन की समस्त रंगीनियों

से ओत-प्रोत हूँ, लेकिन वक्त आने पर मैं सब कुछ कुरबान कर दूँगा। सही अर्थों में यही बलिदान है। ये वस्तुएँ मनुष्य की राह में कभी भी अवरोध नहीं बन सकतीं, बशर्ते कि वह इनसान हो।

—(भगत सिंह के संपूर्ण दस्तावेज,
सुखदेव के नाम पत्र, पृष्ठ-177)

* * *

बागडोर

क्रांतिकारियों को यह बात हमेशा अपने मन में रखनी चाहिए कि वे संपूर्ण क्रांति के लिए लड़ रहे हैं। ताकत की बागडोर पूरी तरह अपने हाथों में लेनी है। समझौतों से इसीलिए डर महसूस होता है, क्योंकि प्रतिक्रियावादी शक्तियाँ समझौते के बाद क्रांतिकारी शक्तियों को समाप्त करवाने की कोशिशें करती हैं। लेकिन समझदार और बहादुर क्रांतिकारी नेता आंदोलन को ऐसे गड्ढों में गिरने से बचा सकते हैं।

—(भगत सिंह के संपूर्ण दस्तावेज,
क्रांतिकारी कार्यक्रम का मसौदा, पृष्ठ-273)

* * *

भय

जितने समय भय मौजूद रहेगा, उतनी देर पूर्ण सुख और शांति नहीं हो सकती।

—(भगत सिंह के संपूर्ण दस्तावेज,
अराजकतावाद-1, पृष्ठ-131)

* * *

भयभीत

धर्म और दैवी-शक्तियाँ ईश्वर और अज्ञानता का परिणाम हैं, इसलिए उनके अस्तित्व का भ्रम मिटा देना चाहिए। साथ ही यह भी कि हम छुटपन से बच्चों को यह बताना शुरू कर देते हैं कि सब कुछ भगवान् है, मनुष्य तो कुछ भी नहीं। अर्थात् मिट्टी का पुतला है। इस तरह के विचार मन में आने से मनुष्य में आत्मविश्वास की भावना मर जाती है। उसे मालूम होने लगता है कि वह बहुत निर्बल है। इस तरह वह भयभीत रहता है।

—*(भगत सिंह के संपूर्ण दस्तावेज अराजकतावाद-1, पृष्ठ-131)*

* * *

भ्रष्टाचार

ज्यों-ज्यों कानून सख्त होते हैं, त्यों-त्यों भ्रष्टाचार भी बढ़ता है।

—*(भगत सिंह के संपूर्ण दस्तावेज, अराजकतावाद-2, पृष्ठ-134)*

* * *

भाग्य

जब देश के भाग्य का निर्माण हो रहा हो तो व्यक्तियों को अपने भाग्य को पूर्णतया भुला देना चाहिए।

—*(भगत सिंह के संपूर्ण दस्तावेज, सुखदेव को भूख हड़ताल के दौरान एक पत्र, पृष्ठ-226)*

* * *

भाषा

एक अच्छे, समझदार व्यक्ति के लिए क्लिष्ट संस्कृत के मंत्र तथा

पुरानी अरबी की आयतें इतनी प्रभावकारी नहीं हो सकतीं, जितनी कि उसकी अपनी साधारण भाषा की साधारण बातें।

—(भगत सिंह के संपूर्ण दस्तावेज, पंजाबी की भाषा और लिपि की समस्या, पृष्ठ-41)

* * *

साहित्य के बिना कोई देश अथवा जाति उन्नति नहीं कर सकती, परंतु साहित्य के लिए सबसे पहले भाषा की आवश्यकता होती है।

—(भगत सिंह के संपूर्ण दस्तावेज, पंजाबी की भाषा और लिपि की समस्या, पृष्ठ-42)

* * *

एक राष्ट्र बनाने के लिए एक भाषा आवश्यक है, परंतु यह एकदम नहीं हो सकता। उसके लिए कदम-कदम चलना पड़ता है।

—(भगत सिंह के संपूर्ण दस्तावेज, पंजाबी की भाषा और लिपि की समस्या, पृष्ठ-43)

* * *

समस्त देश में एक भाषा, एक लिपि, एक साहित्य, एक आदर्श और एक राष्ट्र बनाना पड़ेगा, परंतु समस्त एकताओं से पहले एक भाषा का होना जरूरी है, ताकि हम एक-दूसरे को भली-भाँति समझ सकें। एक पंजाबी और एक मद्रासी इकट्ठे बैठकर केवल एक-दूसरे का मुँह ही न ताका करें, बल्कि एक-दूसरे के विचार तथा भाव जानने का प्रयत्न करें, परंतु यह पराई भाषा अंग्रेजी में नहीं, बल्कि हिंदुस्तान की अपनी भाषा हिंदी में।

—(भगत सिंह के संपूर्ण दस्तावेज, पंजाबी की भाषा और लिपि की समस्या, पृष्ठ-44)

* * *

सर्वसाधारण में साहित्यिक जागृति पैदा करने के लिए अपनी भाषा ही आवश्यक है।

—(भगत सिंह के संपूर्ण दस्तावेज, पंजाबी की भाषा और लिपि की समस्या, पृष्ठ-44)

* * *

भारतोद्धार

हम तो चाहते हैं कि मुसलमान भाई भी अपने मजहब पर पक्के रहते हुए ठीक वैसे ही भारतीय बन जाएँ, जैसे कि कमाल टर्क हैं। भारतोद्धार तभी हो सकेगा। हमें भाषा आदि के प्रश्नों को धार्मिक समस्या न बनाकर, खूब विशाल दृष्टिकोण से देखना चाहिए।

—(भगत सिंह के संपूर्ण दस्तावेज, पंजाबी की भाषा और लिपि की समस्या, पृष्ठ-44)

* * *

भीरु

अगर इस भय से कि क्रांति के पीछे घोर अराजकता फैल जाएगी या घोर रक्तपात होगा, एकदम अशांति होगी-तुम इस मार्ग में नहीं आते, तो भी तुम भीरु हो, कायर हो, बुजदिल हो, इस आडंबर को छोड़ दो।

—(भगत सिंह के संपूर्ण दस्तावेज, विश्व-प्रेम, पृष्ठ-49)

* * *

भूख हड़ताल

भूख हड़ताल आरंभ करना और उसे जारी रखना कोई सरल कार्य

नहीं, लेकिन साथ ही हम बता देते हैं कि भारत अन्य बहुत-से यतींद्र, रामरक्खा और मान सिंह पैदा कर सकता है।

—(*भगत सिंह के संपूर्ण दस्तावेज, गृह मंत्रालय, भारत सरकार को स्मरण-पत्र, पृष्ठ-199*)

* * *

मजहबी डंडा

हरेक अपनी बात के पीछे मजहबी डंडा लिए खड़ा है। इसी अड़ंगे को किस तरह दूर किया जाए, यही पंजाबी की भाषा तथा लिपि-विषयक समस्या है, परंतु आशा केवल इतनी है कि सिक्खों में इस समय साहित्यिक जागृति पैदा हो रही है। हिंदुओं में भी है, सभी समझदार लोग मिल-बैठकर निश्चय ही क्यों नहीं कर लेते ? यही एक उपाय है इस समस्या के हल करने का। मजहबी विचार से ऊपर उठकर इस प्रश्न पर गौर किया जा सकता है, वैसे ही किया जाए और फिर अमृतसर के 'प्रेम' जैसे पत्र की भाषा को जरा साहित्यिक बनाते हुए पंजाब यूनिवर्सिटी में पंजाबी भाषा को मंजूर कर देना चाहिए। इस तरह सब बखेड़ा तय हो जाता है। इस बखेड़े के तय होते ही पंजाबी में इतना सुंदर और ऊँचा साहित्य पैदा होगा कि यह भी भारत की उत्तम भाषाओं में गिनी जाने लगेगी।

—(*भगत सिंह के संपूर्ण दस्तावेज, पंजाबी की भाषा और लिपि की समस्या, पृष्ठ-46*)

* * *

महत्त्व

कानून की दृष्टि से उद्देश्य का प्रश्न खास महत्त्व रखता है।

—(*भगत सिंह के संपूर्ण दस्तावेज, बमकांड पर हाईकोर्ट में बयान, पृष्ठ-188*)

* * *

मनुष्य

मनुष्य ईश्वर की ओर से ही लालची, अमानवीय और सुस्त बना है। —*(भगत सिंह के संपूर्ण दस्तावेज, अराजकतावाद-2, पृष्ठ-134)*

* * *

माँग

न्याय की माँग है कि हरेक अभियुक्त—(अंडर ट्रायल) को वे सब सुविधाएँ मिलनी चाहिए, जिनसे वह अपने मुकदमे की तैयारी कर सके और लड़ सके। —*(भगत सिंह के संपूर्ण दस्तावेज, इंस्पेक्टर जनरल के नाम पत्र, पृष्ठ-191)*

* * *

मानवता

मानवता को प्यार करने में हम किसी से भी पीछे नहीं हैं। हमें किसी से व्यक्तिगत द्वेष नहीं है और हम प्राणी-मात्र को हमेशा आदर की निगाह से देखते आए हैं। —*(भगत सिंह के संपूर्ण दस्तावेज, बम कांड पर सेशन कोर्ट में बयान, पृष्ठ-181)*

* * *

मुट्ठी भर

मुट्ठी भर आदमियों को मारकर किसी आदर्श को समाप्त नहीं किया जा सकता और न ही दो नगण्य व्यक्तियों को कुचलकर राष्ट्र को दबाया जा सकता है।

—*(भगत सिंह के संपूर्ण दस्तावेज, बमकांड पर सेशन कोर्ट में बयान, पृष्ठ-184)*

* * *

मुर्दा

हम लोग एक आह भरकर समझ लेते हैं कि हमारा फर्ज पूरा हो गया। हमें आग नहीं लग उठती, हम तड़प नहीं उठते, हम इतने मुर्दा हो गए हैं।

—(भगत सिंह के संपूर्ण दस्तावेज,
काकोरी की वीरों से परिचय, पृष्ठ-66)

* * *

मूर्खता

यह सोचना कि यदि जनता का सहयोग न मिला या उसके कार्य की प्रशंसा न की गई तो वह अपने उद्‌देश्य को छोड़ देगा, निरी मूर्खता है। अनेक क्रांतिकारी, जिनके कार्यों की वैधानिक आंदोलनकारियों ने घोर निंदा की, फिर भी वे उसकी परवाह न कर फाँसी के तख्ते पर झूल गए। यदि तुम चाहते हो कि क्रांतिकारी अपनी गतिविधियों को स्थगित कर दें, तो उसके लिए होना तो यह चाहिए कि उनके साथ तर्क द्वारा अपना मत प्रमाणित किया जाए। यह एक और केवल यही एक रास्ता है और बाकी बातों के विषय में किसी को संदेह नहीं होना चाहिए। क्रांतिकारी इस प्रकार के डराने-धमकाने से कदापि हार मानने वाला नहीं।

—(भगत सिंह के संपूर्ण दस्तावेज,
बम का दर्शन, पृष्ठ-247)

* * *

युद्ध-नीति

संघर्ष करने वाली सभी पार्टियाँ प्राप्त अधिक करना चाहती हैं और

खोना कम। कोई भी जनरल ऐसी युद्ध-नीति नहीं अपना सकता, जिससे उसे सोचे हुए लाभ से अधिक बलिदान देना पड़े।

—(भगत सिंह के संपूर्ण दस्तावेज, राजनीतिक मामलों की पैरवी पर, पृष्ठ-218-219)

* * *

युवक

अगर रक्त की भेंट चाहिए, तो सिवा युवक के कौन देगा? अगर तुम बलिदान चाहते हो, तो तुम्हें युवकों की ओर देखना पड़ेगा। प्रत्येक जाति के भाग्यविधाता युवक ही तो होते हैं।

—(भगत सिंह के संपूर्ण दस्तावेज, युवक, पृष्ठ-53)

* * *

संसार के इतिहास के पन्ने खोलकर देख लो, युवक के रक्त से लिखे हुए अमर संदेश भरे पड़े हैं। संसार की क्रांतियों और परिवर्तनों के वर्णन छाँट डालो, उनमें केवल ऐसे युवक ही मिलेंगे, जिन्हें बुद्धिमानों ने 'पागल छोकड़े' अथवा 'पथभ्रष्ट' कहा है, पर जो सिड़ी हैं, वे क्या खाक समझेंगे कि स्वदेशाभिमान से उन्मत्त होकर अपनी लोथों से किले की खाइयों को पाट देने वाले जापानी युवक किस फौलाद के टुकड़े थे! सच्चा युवक तो बिना झिझक के मृत्यु का आलिंगन करता है, चौखी संगीनों के सामने छाती खोलकर डट जाता है, तोप के मुँह पर बैठकर भी मुसकुराता ही रहता है, बेड़ियों की झनकार पर राष्ट्रीयगान गाता है और फाँसी के तख्ते पर अट्टाहासपूर्वक आरूढ़ हो जाता है। फाँसी के दिन युवक का ही वजन बढ़ता है, जेल की चक्की पर युवक ही उद्‌बोधन

मंत्र गाता है, कालकोठरी के अंधकार में धँसकर ही वह स्वदेश को अंधकार के बीच से उबारता है।

—(भगत सिंह के संपूर्ण दस्तावेज, युवक, पृष्ठ-53-54)

✻ ✻ ✻

राष्ट्र के निर्माता तो नवयुवक ही हुआ करते हैं।

—(भगत सिंह के संपूर्ण दस्तावेज, स्वाधीनता के आंदोलन में पंजाब का पहला उभार, पृष्ठ-127)

✻ ✻ ✻

युवावस्था

युवावस्था मानव-जीवन का वसंतकाल है। उसे पाकर मनुष्य मतवाला हो जाता है। हजारों बोतल का नशा छा जाता है। विधाता की दीं हुई सारी शक्तियाँ सहस्रधारा होकर फूट पड़ती हैं। मदांध मतंग की तरह निरंकुश, वर्षाकालीन शोणभद्र की तरह दुर्द्धर्ष, प्रलयकालीन प्रलय-प्रभंजन की तरह प्रचंड, नवागत वसंत की प्रथम मल्लिका कलिका की तरह कोमल, ज्वालामुखी की तरह उच्छृंखल और भैरवी-संगीत की तरह मधुर युवावस्था है। उज्ज्वल प्रभात की शोभा, स्निग्ध संध्या की छटा, शरच्चन्द्रिका की माधुरी, ग्रीष्म-मध्याह्न का उत्ताप और भाद्रपदी अमावस्या की अर्द्धरात्रि की भीषणता युवावस्था में सन्निहित है।

—(भगत सिंह के संपूर्ण दस्तावेज, युवक, पृष्ठ-52)

✻ ✻ ✻

युवावस्था देखने में तो शस्य-श्यामला वसुंधरा से सुंदर है, पर इसके अंदर भूकंप की सी भयंकरता भरी हुई है। इसलिए युवावस्था में

मनुष्य के लिए केवल दो ही मार्ग हैं—वह चढ़ सकता है उन्नति के सर्वोच्च शिखर पर, वह गिर सकता है अध:पात के अँधरे खंदक में। चाहे तो त्यागी हो सकता है युवक, चाहे तो विलासी बन सकता है युवक। वह देवता बन सकता है, तो पिशाच भी बन सकता है। वही संसार को त्रस्त कर सकता है, वही संसार को अभयदान दे सकता है। संसार में युवक का ही साम्राज्य है। युवक के कीर्तिमान से संसार का इतिहास भरा पड़ा है। युवक ही रणचंडी के ललाट की रेखा है। युवक स्वदेश की यश-दुंदुभि का तुमुल निनाद है। युवक ही स्वदेश की विजय वैजयंती का सुदृढ़ दंड है। वह महासागर की उत्ताल तरंगों के समान उद्दंड है।

वह महाभारत के भीष्म-पर्व की पहली ललकार के समान विकराल है, प्रथम मिलन के स्फीत चुंबन की तरह सरस है, रावण के अहंकार की तरह निर्भीक है, प्रह्लाद के सत्याग्रह की तरह दृढ़ और अटल है। अगर किसी विशाल हृदय की आवश्यकता हो, तो युवकों के हृदय टटोलो। अगर किसी आत्मत्यागी वीर की चाह हो, तो युवकों से माँगो। रसिकता उसी के बाँटे पड़ी है। भावुकता पर उसी का सिक्का है। वह छंदशास्त्र से अनभिज्ञ होने पर भी प्रतिभाशाली कवि है। कवि भी उसी के हृदयारविंद का मधुप है। वह रसों की परिभाषा नहीं जानता, पर वह कविता का सच्चा मर्मज्ञ है। सृष्टि की एक विषम समस्या है युवक। ईश्वरीय रचना-कौशल का एक उत्कृष्ट नमूना है युवक। संध्या के समय वह नदी के तट पर घंटों बैठा रहता है। क्षितिज की ओर बढ़ते जाने वाले रक्त-रश्मि सूर्यदेव को आकृष्ट नेत्रों से देखता रह जाता है। उस पार से आती हुई संगीत-लहरी के मंद प्रवाह में तल्लीन हो जाता

है। विचित्र है उसका जीवन। अद्‌भुत है उसका साहस। अमोघ है उसका उत्साह।

वह निश्चिंत है, असावधान है। लगन लग गई तो रात-भर जागना उसके बाएँ हाथ का खेल है, जेठ की दुपहरी, चैत की चाँदनी है, सावन-भादों की झड़ी मंगलोत्सव की पुष्प वृष्टि है, श्मशान की निस्तब्धता, उद्यान का विहंग कलाँ कूंजन है। वह इच्छा करे तो समाज और जाति को उद्‌बद्ध कर दे, देश की लाज रख ले, राष्ट्र का मुखोज्ज्वल कर दे, बड़े-बड़े साम्राज्यवाद उलट डाले। पतितों के उत्थान और पतन और संसार के उद्धारक सूत्र उसी के हाथ में हैं। वह इस विशाल विश्व रंगस्थल का सिद्धांत खिलाड़ी है।

—*(भगत सिंह के संपूर्ण दस्तावेज, युवक, पृष्ठ-52-53)*

* * *

योग्य

तुम भी विश्व-प्रेम का दम भरते हो। पहले पैरों पर खड़ा होना तो सीखो। स्वतंत्र जातियों में अभिमान के साथ सिर ऊँचा करके खड़े होने के योग्य बनो। जब तक तुम्हारे साथ कामागाटामारू जहाज-जैसे दुर्व्यवहार होते रहेंगे, जब तक 'डैम काला मैन' कहलाओगे, जब तक तुम्हारे देश में जलियाँवाला बाग-जैसे भीषणकांड होते रहेंगे, जब तक वीरांगनाओं का अपमान होगा और तुम्हारी ओर से कोई प्रतिकार न होगा, तब तक तुम्हारा यह ढोंग कुछ मायने नहीं रखता। कैसी शांति, कैसा सुख और कैसा विश्वप्रेम!

—*(भगत सिंह के संपूर्ण दस्तावेज, विश्व-प्रेम, पृष्ठ-51)*

* * *

राज्य-क्रांति

रूसो, वाल्टेयर के साहित्य के बिना फ्रांस की राज्य-क्रांति घटित न हो पाती। यदि टॉलस्टाय, कार्ल मार्क्स तथा मैक्सिम गोर्की इत्यादि ने नवीन साहित्य पैदा करने में वर्षों व्यतीत न कर दिए होते, तो रूस की क्रांति न हो पाती, साम्यवाद का प्रचार तथा व्यवहार तो दूर रहा।

—(भगत सिंह के संपूर्ण दस्तावेज, पंजाबी की भाषा और लिपि की समस्या, पृष्ठ-39)

* * *

रूढ़िवादी

रूढ़िवादी शक्तियाँ मानव-समाज को कुमार्ग पर ले जाती हैं। ये परिस्थितियाँ मानव-समाज की उन्नति में गतिरोध का कारण बन जाती हैं।

—(भगत सिंह के संपूर्ण दस्तावेज संपादक, मॉर्डन रिव्यू के नाम पत्र, पृष्ठ-229)

* * *

रोटी

किसान और मजदूर रोटी चाहते हैं और उनकी रोटी का सवाल तब तक हल नहीं हो सकता जब तक यहाँ पूर्ण आजादी न मिल जाए।

—(भगत सिंह के संपूर्ण दस्तावेज, सत्याग्रह और हड़तालें, पृष्ठ-163)

* * *

लक्ष्य

क्रांतिकारियों का लक्ष्य तो शासन-सुधार का नहीं है, वे तो स्वतंत्रता का स्तर कभी का ऊँचा कर चुके हैं और वे उसी लक्ष्य की प्राप्ति के

लिए बिना किसी हिचकिचाहट के बलिदान कर रहे हैं। उनका दावा है कि उनके बलिदानों ने जनता की विचारधारा में प्रचंड परिवर्तन किया है। उसके प्रयत्न से वे देश की स्वतंत्रता के मार्ग पर बहुत आगे बढ़ा ले गए हैं और यह बात उनसे राजनीतिक क्षेत्र में मतभेद रखने वाले लोग भी स्वीकार करते हैं।

—*(भगत सिंह के संपूर्ण दस्तावेज,*
बम का दर्शन, पृष्ठ–245)

❋ ❋ ❋

वर्ग चेतना

दंगों में वैसे तो बड़े निराशाजनक समाचार सुनने में आते हैं, लेकिन कलकत्ता के दंगों में एक बात बहुत खुशी की सुनने में आई। वह यह कि वहाँ दंगों में ट्रेड यूनियनों के मजदूरों ने हिस्सा नहीं लिया और न ही वे परस्पर गुत्थमगुत्था ही हुए, वरन सभी हिंदू–मुसलमान बड़े प्रेम से कारखानों आदि में उठते–बैठते और दंगे रोकने के भी यत्न करते रहे। यह इसलिए कि उनमें वर्ग–चेतना थी और वे अपने वर्ग हित को अच्छी तरह पहचानते थे। वर्ग चेतना का यही सुंदर रास्ता है, जो सांप्रदायिक दंगे रोक सकता है।

—*(भगत सिंह के संपूर्ण दस्तावेज,*
सांप्रदायिक दंगे और उनका इलाज, पृष्ठ–154–155)

❋ ❋ ❋

लोगों को परस्पर लड़ने से रोकने के लिए वर्ग–चेतना की जरूरत है।

—*(भगत सिंह के संपूर्ण दस्तावेज,*
सांप्रदायिक दंगे और उनका इलाज, पृष्ठ–154)

❋ ❋ ❋

वसुधैव कुटुंबकम्

'वसुधैव कुटुंबकम!' जिस कवि सम्राट् की यह अमूल्य कल्पना है, जिस विश्व-प्रेम के अनुभवी का यह हृदयोद्गार है, उसकी महत्ता का वर्णन करना मनुष्य-शक्ति से सर्वथा बाहर है।

—(भगत सिंह के संपूर्ण दस्तावेज, विश्व-प्रेम, पृष्ठ-47)

* * *

वास्तविक

वास्तविक क्रांतिकारी सेनाएँ तो गाँवों और कारखानों में हैं—किसान और मजदूर। लेकिन हमारे 'बुर्जुवा' नेताओं में उन्हें साथ लेने की हिम्मत नहीं है, न ही वे ऐसी हिम्मत कर सकते हैं। ये सोए हुए सिंह यदि एक बार गहरी नींद से जग गए तो वे हमारे नेताओं की लक्ष्यपूर्ति के बाद भी रुकने वाले नहीं हैं।

—(भगत सिंह के संपूर्ण दस्तावेज,
क्रांतिकारी कार्यक्रमों का मसौदा, पृष्ठ-273)

* * *

विकास

प्रत्येक मनुष्य को, जो विकास के लिए खड़ा है, रूढ़िगत विश्वासों के हर पहलू की आलोचना तथा उन पर अविश्वास करना होगा और उनको चुनौती देनी होगी। प्रत्येक प्रचलित मत की हर बात को, हर कोने से तर्क की कसौटी पर कसना होगा।

—(भगत सिंह के संपूर्ण दस्तावेज,
मैं नास्तिक क्यों हूँ?, पृष्ठ-258)

* * *

विचारधारा

कोई व्यक्ति जनसाधारण की विचारधारा को केवल मंचों से दर्शन और उपदेश देकर नहीं समझ सकता।

—*(भगत सिंह के संपूर्ण दस्तावेज,*
बम का दर्शन, पृष्ठ–242)

* * *

विचारणीय

किसी के चरित्र के संदर्भ में विचार करते समय एक बात विचारणीय होनी चाहिए कि क्या प्यार किसी इनसान के लिए मददगार साबित हुआ है?

—*(भगत सिंह के संपूर्ण दस्तावेज,*
सुखदेव के नाम पत्र, पृष्ठ–177)

* * *

विचारानुसार

हमारे वक्तव्य के अध्ययन से साफ प्रकट होता है कि हमारे दृष्टिकोण से हमारा देश एक नाजुक दौर से गुजर रहा है। इस दशा में काफी ऊँची आवाज में चेतावनी देने की जरूरत थी और हमने अपने विचारानुसार चेतावनी दी है। संभव है कि हम गलती पर हों, हमारा सोचने का ढंग जज महोदय के सोचने के ढंग से भिन्न हो, लेकिन इसका यह अर्थ नहीं कि हमें अपने विचार प्रकट करने की स्वीकृति न दी जाए और गलत बातें हमारे साथ जोड़ी जाएँ।

—*(भगत सिंह के संपूर्ण दस्तावेज,*
बमकांड पर हाईकोर्ट में बयान, पृष्ठ–190)

* * *

विद्रोह

विद्रोह को क्रांति नहीं कहा जा सकता, यद्यपि यह हो सकता है कि विद्रोह का अंतिम परिणाम क्रांति हो।

—(भगत सिंह के संपूर्ण दस्तावेज,
'इनकलाब जिंदाबाद' क्या है ?, पृष्ठ–229)

* * *

विपत्ति

केवल विपत्तियाँ सहन करने के साहित्य के उल्लेख ने ही कहानियों में सहृदयता, दर्द की गहरी टीस और उनके चरित्र तथा साहित्य में ऊँचाई उत्पन्न की है।

—(भगत सिंह के संपूर्ण दस्तावेज, सुखदेव को भूख हड़ताल के
दौरान एक और पत्र, पृष्ठ–223)

* * *

विपत्तियाँ व्यक्ति को पूर्ण बनाने वाली होती हैं।

—(भगत सिंह के संपूर्ण दस्तावेज, सुखदेव को भूख हड़ताल के
दौरान एक पत्र, पृष्ठ–223)

* * *

विपदा

विपदा में पड़े मनुष्य के लिए ईश्वर की कल्पना सहायक होती है।

—(भगत सिंह के संपूर्ण दस्तावेज,
मैं नास्तिक क्यों हूँ ?, पृष्ठ–263)

* * *

विवेका-शक्ति

कोई भी मनुष्य, जिसमें जरा सी भी विवेक-शक्ति है, वह अपने वातावरण को तार्किक रूप से समझना चाहेगा। जहाँ सीधा प्रमाण नहीं होता, वहाँ दर्शनशास्त्र महत्वपूर्ण स्थान बना लेता है।

—(भगत सिंह के संपूर्ण दस्तावेज, मैं नास्तिक क्यों हूँ ?, पृष्ठ-257)

विश्व-प्रेम

सभी अपने हों। कोई भी पराया न हो। कैसा सुखमय होगा वह समय, जब संसार से परायापन सर्वथा नष्ट हो जाएगा! जिस दिन यह सिद्धांत समस्त संसार में व्यावहारिक रूप में परिणत होगा, उस दिन संसार को उन्नति के शिखर पर कह सकेंगे। जिस दिन प्रत्येक मनुष्य इस भाव को हृदयंगम कर लेगा, उस दिन संसार कैसा होगा? जरा कल्पना करो तो!

—(भगत सिंह के संपूर्ण दस्तावेज, f वश्व-प्रेम, पृष्ठ-47)

* * *

यदि वास्तव में चाहते हो कि संसारव्यापी सुख-शांति और विश्व-प्रेम का प्रचार करो, तो पहले अपमानों का प्रतिकार करना सीखो! माँ के बंधन काटने के लिए कट मरो। बंदी माँ को स्वतंत्र करने के लिए आजन्म काले पानी में ठोकरें खाने के लिए तैयार हो जाओ। सिसकती माँ को जीवित रखने के लिए मरने को तत्पर हो जाओ। तब हमारा देश स्वतंत्र होगा। हम बलवान् होंगे। हम छाती ठोंककर विश्व-प्रेम का

प्रचार कर सकेंगे। संसार को शांति-पथ पर चलने को बाध्य कर सकेंगे।

—(भगत सिंह के संपूर्ण दस्तावेज, विश्व-प्रेम, पृष्ठ-51)

* * *

विश्वप्रेमी भी वह वीर है जिसे भीषण विप्लववादी, कट्टर अराजकतावादी कहने में हम लोग तनिक भी लज्जा नहीं समझते-वही वीर सावरकर विश्व-प्रेम की तरंग में आकर घास पर चलते-चलते रुक जाते थे कि कोमल घास पैरों तले मसली जाएगी।

—(भगत सिंह के संपूर्ण दस्तावेज, विश्व-प्रेम, पृष्ठ-51)

* * *

विश्वास

क्रांतिकारियों का विश्वास है कि देश को क्रांति से ही स्वतंत्रता मिलेगी। वे जिस क्रांति के लिए प्रयत्नशील हैं और जिस क्रांति का रूप उनके सामने स्पष्ट है, उसका अर्थ केवल यह नहीं है कि विदेशी शासकों तथा उनके पिट्ठुओं से क्रांतिकारियों का केवल सशस्त्र-संघर्ष हो, बल्कि इस सशस्त्र-संघर्ष के साथ-साथ नवीन सामाजिक व्यवस्था के द्वार देश के लिए मुक्त हो जाएँ।

—(भगत सिंह के संपूर्ण दस्तावेज, बम का दर्शन, पृष्ठ-240)

* * *

'विश्वास' कष्टों को हलका कर देता है, यहाँ तक कि उन्हें सुखकर

बना सकता है। ईश्वर से मनुष्य को अत्यधिक सांत्वना देने वाला एक आधार मिल सकता है।

—*(भगत सिंह के संपूर्ण दस्तावेज, मैं नास्तिक क्यों हूँ?, पृष्ठ-255)*

* * *

मनुष्य आम विश्वास को ठुकराने का साहस नहीं कर पाता।

—*(भगत सिंह के संपूर्ण दस्तावेज, मैं नास्तिक क्यों हूँ?, पृष्ठ-255)*

* * *

वीर

विद्रोही जीव, जो पूरे विश्व से टकरा जाते हैं और स्वयं को जलती आग में झोंक देते हैं, अपना ऐशो-आराम सब भूल जाते हैं और दुनिया की सुंदरता, शृंगार में वृद्धि कर देते हैं और उनके बलिदानों से ही विश्व में कुछ प्रगति होती है। ऐसे ही वीर हर देश में, हर समय होते हैं।

—*(भगत सिंह के संपूर्ण दस्तावेज, श्री मदनलाल ढींगरा, पृष्ठ-88)*

* * *

व्यक्तिगत

व्यक्तिगत रूप से किसी को मारने से कोई लाभ नहीं। इन कार्यों का राजनीतिक महत्त्व होता है। ये वह वातावरण और सोचने का ढंग बनाने में मदद करते हैं जो कि आखिरी संघर्ष के लिए बहुत जरूरी है।

—*(भगत सिंह के संपूर्ण दस्तावेज, राजनीतिक मामलों की पैरवी पर, पृष्ठ-218)*

* * *

व्यावहारिक

किसी भी स्थिति का विश्लेषण करते समय हमें हमेशा बिलकुल बेझिझक, बेलाग व व्यावहारिक होना चाहिए।

—(भगत सिंह के संपूर्ण दस्तावेज,
क्रांतिकारी कार्यक्रम का मसौदा, पृष्ठ-274)

* * *

शक्ति

शक्ति एकत्र करने के लिए अपनी एकत्रित शक्ति खर्च कर देनी पड़ेगी। राणा प्रताप की तरह आयुपर्यंत ठोकरें खानी होंगी, तब कहीं उस परीक्षा में उत्तीर्ण हो सकोगे। देखते नहीं विश्वबंधुता का सच्चा प्रचारक था मेजिनी, जो बीस वर्ष स्वयं ही एक जगह बंद रहता है। लेनिन था उसका पक्षपाती-अकथनीय कष्ट सहन किए थे उसने। विश्वबंधुता का अनुगामी जार्ज वाशिंगटन था-अमेरिका का मुक्ति प्रदाता-फ्रांस के क्रांतिकारी नेता थे कट्टर पक्षपाती-कितना रुधिर उन्होंने बहा दिया था। आदर्शवादी ब्रूटस था विश्व-प्रेमी, जिसने अपनी जन्मभूमि के लिए अपने परमप्रिय 'सीजर' को अपने हाथों कत्ल कर डाला था और पीछे स्वयं भी आत्महत्या कर ली थी। सानंद युद्धों में प्रवीण रहनेवाला गैरी बाल्डी था, जिसे विश्व-प्रेमी होने का श्रेय प्राप्त हो सकता है।

—(भगत सिंह के संपूर्ण दस्तावेज,
विश्व-प्रेम, पृष्ठ-50)

* * *

शर्म

कितनी शर्म की बात होगी। कुत्ता हमारी गोद में बैठ सकता है, हमारी रसोई में निःसंग फिरता है, लेकिन एक इनसान का हमसे स्पर्श हो जाए तो बस धर्म भ्रष्ट हो जाता है।

—(भगत सिंह के संपूर्ण दस्तावेज,
अछूत समस्या, पृष्ठ-157)

* * *

शांति

संसार में आज बहुत हलचल मची है। जाने-माने विद्वान् दुनिया में शांति स्थापना के कार्य में उलझे हैं। लेकिन जिस शांति-स्थापना के प्रयास किए जा रहे हैं, वह अस्थाई नहीं वरन् स्थिर, हमेशा स्थापित रहने वाली शांति है। उस तक पहुँचने के लिए बड़े-बड़े महापुरुष अपना जीवन अर्पित कर गए और कर रहे हैं।

—(भगत सिंह के संपूर्ण दस्तावेज,
अराजकतावाद-1, पृष्ठ-128)

* * *

श्रमिक

श्रमिक वर्ग ही समाज का वास्तविक पोषक है, जनता की सर्वोपरि सत्ता की स्थापना श्रमिक वर्ग का अंतिम लक्ष्य है।

—(भगत सिंह के संपूर्ण दस्तावेज,
बमकांड पर सेशन कोर्ट में बयान, पृष्ठ-186)

* * *

षड्‌यंत्र

षड्‌यंत्रों का पता लगाकर या गढ़े हुए षड्‌यंत्रों द्वारा नौजवानों को सजा देकर या एक महान् आदर्श के स्वप्न से प्रेरित नवयुवकों को जेलों में ठूँसकर क्या क्रांति का अभियान रोका जा सकता है?

—*(भगत सिंह के संपूर्ण दस्तावेज, बमकांड पर सेशन कोर्ट में बयान, पृष्ठ–184)*

* * *

संगठनबद्ध

संगठनबद्ध हो अपने पैरों पर खड़े होकर पूरे समाज को चुनौती दे दो। तब देखना, कोई भी तुम्हारे अधिकार देने से इनकार करने की जुर्रत न कर सकेगा। तुम दूसरों की खुराक मत बनो। दूसरों के मुँह की ओर न ताको।

—*(भगत सिंह के संपूर्ण दस्तावेज, अछूत समस्या, पृष्ठ–160)*

* * *

संदेश

नौजवानों को क्रांति का संदेश देश के कोने-कोने में पहुँचाना है। फैक्टरी-कारखानों के क्षेत्रों में, गंदी बस्तियों और गाँवों की जर्जर झोंपड़ियों में रहनेवाले करोड़ों लोगों में इस क्रांति की अलख जगानी है, जिससे आजादी आएगी और तब एक मनुष्य द्वारा दूसरे मनुष्य का शोषण असंभव हो जाएगा।

—*(भगत सिंह के संपूर्ण दस्तावेज, विद्यार्थियों के नाम पत्र, पृष्ठ–227)*

* * *

संबंध

जहाँ तक प्यार के नैतिक स्तर का संबंध है, मैं यह कह सकता हूँ कि यह अपने में एक भावना से अधिक कुछ भी नहीं और यह पशुवृत्ति नहीं, बल्कि मधुर भावना है।

—(भगत सिंह के संपूर्ण दस्तावेज,
सुखदेव के नाम पत्र, पृष्ठ-178)

* * *

सत्ताधारी

यदि सत्ताधारी शक्तियाँ ठीक समय पर सही कारवाइयाँ करतीं तो फ्रांस और रूस की खूनी क्रांतियाँ न बरस पड़तीं। दुनिया की कई बड़ी-बड़ी हुकूमतें विचारों के तूफान को रोकते हुए खूनखराबे के वातावरण में डूब गईं। सत्ताधारी लोग परिस्थितियों के प्रवाह को बदल सकते हैं।

—(भगत सिंह के संपूर्ण दस्तावेज,
बमकांड पर हाईकोर्ट में बयान,
पृष्ठ-190)

* * *

सभ्यता

सभ्यता का प्रासाद यदि समय रहते सँभाला न गया तो शीघ्र ही चरमराकर बैठ जाएगा।

—(भगत सिंह के संपूर्ण दस्तावेज,
बमकांड पर सेशन कोर्ट में बयान,
पृष्ठ-185)

* * *

समझौता

स्वतंत्रता और गुलामी में कोई समझौता नहीं हो सकता।

—(भगत सिंह के संपूर्ण दस्तावेज, बम का दर्शन, पृष्ठ–246)

* * *

समझौता कोई घटिया या घृणित वस्तु नहीं है।

—(भगत सिंह के संपूर्ण दस्तावेज, क्रांतिकारी कार्यक्रम का मसौदा, पृष्ठ–271)

* * *

समझौता एक ऐसा जरूरी हथियार है, जिसे संघर्ष के विकास के साथ ही साथ इस्तेमाल करना जरूरी बन जाता है लेकिन जिस चीज का हमेशा ध्यान रहना चाहिए, वह है आंदोलन का उद्देश्य। जिन उद्देश्यों की प्राप्ति के लिए हम संघर्ष कर रहे हैं, उनके बारे में हमें पूरी तरह स्पष्ट होना चाहिए।

—(भगत सिंह के संपूर्ण दस्तावेज, क्रांतिकारी कार्यक्रम का मसौदा, पृष्ठ–271)

* * *

समाजवादी समाज

अन्य किसी व्यक्ति की अपेक्षा क्रांतिकारी इस बात को ज्यादा अच्छी तरह समझते हैं कि समाजवादी समाज की स्थापना हिंसात्मक उपायों से नहीं हो सकती, बल्कि उसे अंदर से ही प्रस्फुटित और विकसित होना चाहिए।

—(भगत सिंह के संपूर्ण दस्तावेज, 'ड्रीमलैंड' की भूमिका, पृष्ठ–270)

* * *

संपत्ति

संपत्ति बनाने का विचार मनुष्यों को लालची बना देता है। वह फिर पत्थर- दिल होता चला जाता है। दयालुता और मानवता उसके मन से मिट जाती है। संपत्ति की सुरक्षा के लिए राजसत्ता की आवश्यकता होती है। इससे फिर लालच बढ़ता है और अंत में परिणाम-पहले साम्राज्यवाद, फिर युद्ध होता है। खून-खराबा और अन्य बहुत नुकसान होता है। अगर सब कुछ संयुक्त हो जाए तो कोई लालच न रहे। मिलजुलकर सभी काम करने लगें। चोरी-डाके की कोई चिंता न रहे। पुलिस, जेल, कचहरी, फौज की जरूरत न रहे और मोटे पेटवाले, हराम की खानेवाले भी काम करें। थोड़ा समय काम करके पैदावार अधिक होने लगे। सभी लोग आराम से पढ़-लिख भी सकें। अपने आप शांति भी रहे, खुशहाली भी बढ़े।

—(भगत सिंह के संपूर्ण दस्तावेज,
अराजकतावाद-2, पृष्ठ-135)

* * *

सरल

व्यक्तियों की हत्या करना तो सरल है, किंतु विचारों की हत्या नहीं की जा सकती।

—(भगत सिंह के संपूर्ण दस्तावेज,
असेंबली में फेंका गया पर्चा, पृष्ठ-176)

* * *

सहारा

क्रांतिकारी अगर बम और पिस्तौल का सहारा लेता है तो यह उसकी चरम आवश्यकता में से पैदा होता है और आखिरी दाँव के तौर

पर होता है। हमारा विश्वास है कि अमन और कानून मनुष्य के लिए है, न कि मनुष्य अमन और कानून के लिए।

—(भगत सिंह के संपूर्ण दस्तावेज,
अदालत एक ढकोसला है, पृष्ठ–210)

* * *

सांत्वना

जब मुनष्य अपने सभी दोस्तों के विश्वासघात तथा उनके द्वारा त्याग देने से अत्यंत दुःखी हो, तो उसे इस विचार से सांत्वना मिल सकती है कि एक सदा सच्चा दोस्त उसकी सहायता करने को है, उसे सहारा देगा, जो कि सर्वशक्तिमान् है और कुछ भी कर सकता है। वास्तव में आदिमकाल में यह समाज के लिए उपयोगी था।

—(भगत सिंह के संपूर्ण दस्तावेज,
मैं नास्तिक क्यों हूँ?, पृष्ठ–263)

* * *

सामयिक

संस्कृत का सारा साहित्य हिंदू समाज को पुनर्जीवित न कर सका, इसीलिए सामयिक भाषा में नवीन साहित्य का सृजन किया गया। उस सामयिक भाषा के साहित्य ने अपना जो प्रभाव दिखाया, वही हम आज तक अनुभव करते हैं।

—(भगत सिंह के संपूर्ण दस्तावेज,
पंजाबी की भाषा और लिपि की समस्या,
पृष्ठ–41)

* * *

साम्राज्यवाद

साम्राज्यवाद एक बड़ी डाकेजनी की साजिश के अलावा कुछ नहीं। साम्राज्यवाद मनुष्य के हाथों मनुष्य के और राष्ट्र के हाथों राष्ट्र के शोषण का चरम है। साम्राज्यवादी अपने हितों और लूटने की योजनाओं को पूरा करने के लिए न सिर्फ न्यायालयों एवं कानून का कत्ल करते हैं, बल्कि भयंकर हत्याकांड भी आयोजित करते हैं। अपने शोषण को पूरा करने के लिए जंग-जैसे खौफनाक अपराध भी करते हैं।

—(भगत सिंह के संपूर्ण दस्तावेज,
अदालत एक ढकोसला है, पृष्ठ-209)

***

साहित्य

किसी समाज अथवा देश को पहचानने के लिए उस समाज अथवा देश के साहित्य से परिचित होने की परमावश्यकता होती है, क्योंकि समाज के प्राणों की चेतना उस समाज के साहित्य में भी प्रतिच्छवित हुआ करती है।

—(भगत सिंह के संपूर्ण दस्तावेज,
पंजाबी की भाषा और लिपि की समस्या, पृष्ठ-39)

***

जिस देश के साहित्य का प्रवाह जिस ओर बहा, ठीक उसी ओर वह देश भी अग्रसर होता रहा। किसी भी जाति के उत्थान के लिए ऊँचे साहित्य की आवश्यकता हुआ करती है। ज्यों-ज्यों देश का साहित्य ऊँचा होता जाता है, त्यों-त्यों देश भी उन्नति करता जाता है। देशभक्त,

चाहे वे निरे समाज-सुधारक हों अथवा राजनीतिक नेता, सबसे अधिक ध्यान देश के साहित्य की ओर दिया करते हैं। यदि वे सामाजिक समस्याओं तथा परिस्थितियों के अनुसार नवीन साहित्य का सृजन न करें तो उनके सब प्रयत्न निष्फल हो जाएँ और उनके कार्य स्थाई न हो पाएँ।

—(भगत सिंह के संपूर्ण दस्तावेज,
पंजाबी की भाषा और लिपि की समस्या, पृष्ठ-39)

❊ ❊ ❊

सिद्ध

किसी भी व्यक्ति को उसके अपराधी आचरण के लिए उस समय तक सजा नहीं मिलनी चाहिए, जब तक उसका उद्‌देश्य कानून-विरोधी सिद्ध न हो।

—(भगत सिंह के संपूर्ण दस्तावेज,
बमकांड पर हाईकोर्ट में बयान, पृष्ठ-187)

❊ ❊ ❊

सिद्धांत

हमें समस्त संसार को उस सिद्धांत के स्वागत के लिए तैयार करना होगा। उस आशामयी खेती के लिए हमें खेतों में से सबकुछ उखाड़ फेंकना होगा। काँटेदार झाड़ियों को उखाड़कर ज्वाला की शांति के लिए मटियामेट कर देना होगा। रोड़ा-कंकड़ पीस डालना होगा। हमें घोर परिश्रम करना होगा। गिरे हुओं का उत्थान करना होगा। 'पस्ती' वालों को उन्नति का मार्ग दिखाना होगा। मिथ्या शक्तिवादियों को घसीटकर अपने साथ खड़े होने को विवश करना होगा। अहंकारियों का अहंकार

तोड़ उन्हें नम्रता प्रदान करनी होगी। निर्बलों को बल, पराधीनों को स्वाधीनता, अशिक्षितों को शिक्षा, निराशावादियों को आशा की किरण, भूखों को रोटी, बेघरों को घर, नास्तिकों को विश्वास, अंधविश्वासियों को विचार-स्वतंत्रता देनी होगी। क्या लोग इतना काम करेंगे ? ऐ विश्वबंधुता-विश्वबंधुता चिल्लानेवालो! क्या तुम उसके लिए तैयार हो ? यदि नहीं तो आज से इस ढोंग को छोड़ दो। हमें उस विश्व-प्रेम की देवी के चरणों पर तुम्हारा भी बलिदान देना होगा, क्योंकि तुम मिथ्यावादी हो। अगर तैयार हो, आ जाओ, कर्मक्षेत्र में अभी परीक्षा हो जाएगी। घर बैठे हुए, कोनों में दुबके हुए कर्मक्षेत्र के भंयकर दृश्य की कल्पनामात्र से काँपते हुए, सत्यप्रकाश से 'बाज' रहने के लिए इस महान् सिद्धांत की आड़ मत लो। यदि सचमुच उस कल्पित समय को लाने की चेष्टा की है, तो आओ! पहला काम पतित भारत का उत्थान करना होगा। गुलामियों की जंजीरों को काटना होगा। अत्याचार का सर्वनाश करना होगा। पराधीनता को मिट्टी में मिला देना होगा, क्योंकि यह अपनी कमजोरी के कारण उस मनुष्य-जाति को, जिसकी सृष्टि परमपिता ने अपने ही अनुरूप की थी, न्यायपथ से भ्रष्ट करने का प्रलोभन हो रहा है।

—(भगत सिंह के संपूर्ण दस्तावेज,
विश्वप्रेम, पृष्ठ-48-49)

* * *

वह सिद्धांत अमूल्य है, जो प्रत्येक क्रांतिकारी को प्रिय है। जो व्यक्ति क्रांतिकारी बनता है, जब वह अपना सिर हथेली पर रखकर किसी क्षण भी आत्मबलिदान के लिए तैयार रहता है, तो वह केवल

खेल के लिए नहीं। वह यह त्याग और बलिदान इसलिए भी नहीं करता कि जब जनता उसके साथ सहानुभूति दिखाने की स्थिति में हो तो उसकी जय-जयकार करे। वह इस मार्ग का इसलिए अवलंबन करता है कि उसका सद्‌विवेक उसे इसकी प्रेरणा देता है, उसकी आत्मा उसे इसके लिए प्रेरित करती है।

—(भगत सिंह के संपूर्ण दस्तावेज,
बम का दर्शन, पृष्ठ-247)

* * *

सुधार

केवल सुधार करने का सिद्धांत ही आवश्यक है, क्योंकि यह मानवता की प्रगति का अटूट अंग है।

—(भगत सिंह के संपूर्ण दस्तावेज,
मैं नास्तिक क्यों हूँ ?, पृष्ठ-260)

* * *

सेवा

अपना घर तबाह करके भी दुनिया की सेवा होती है।

—(भगत सिंह के संपूर्ण दस्तावेज,
काकोरी के वीरों का परिचय,
पृष्ठ-64)

* * *

सोना

ऐ भारतीय युवक! तू क्यों गफलत की नींद में पड़ा बेखबर सो रहा है! उठ, आँखें खोल, देख, प्राची-दिशा का ललाट सिंदूर-रंजित हो

उठा। अब अधिक मत सो। सोना हो तो अनंत निद्रा की गोद में जाकर सो रह। कापुरुषता की गोद में क्यों सोता है?

—(भगत सिंह के संपूर्ण दस्तावेज, युवक, पृष्ठ–54)

* * *

स्वभाव

मनुष्य का स्वभाव ही कुछ ऐसा है कि बिना शासन के रह ही नहीं सकता। बेलगाम होगा तो बहुत नुकसान पहुँचाएगा।

—(भगत सिंह के संपूर्ण दस्तावेज, अराजकतावाद–2, पृष्ठ–134)

* * *

स्वाभाविक

स्वाभाविक है कि जीने की इच्छा मुझमें भी होनी चाहिए, मैं इसे छिपाना नहीं चाहता। लेकिन मैं एक शर्त पर जिंदा रह सकता हूँ कि मैं कैद होकर या पाबंद होकर जीना नहीं चाहता।

—(भगत सिंह के संपूर्ण दस्तावेज, बलिदान से पहले साथियों को अंतिम पत्र, पृष्ठ–232)

* * *

स्वतंत्रता

स्वतंत्रता प्रत्येक मनुष्य का अमिट अधिकार है।

—(भगत सिंह के संपूर्ण दस्तावेज, अदालत एक ढकोसला है, पृष्ठ–210)

* * *

अराजकतावाद के अनुसार जिस आदर्श स्वतंत्रता की कल्पना की

जाती है, वह पूर्ण स्वतंत्रता है, जिसके अनुसार न तो मन पर भगवान् या धर्म का भूत सवार हो, न माया या सरकारी जंजीर कसी हुई हो।

—(भगत सिंह के संपूर्ण दस्तावेज, अराजकतावाद-1, पृष्ठ-130)

* * *

हमारी आजादी का अर्थ केवल अंग्रेजी चंगुल से छुटकारा पाने का नाम नहीं, वह पूर्ण स्वतंत्रता का नाम है-जब लोग परस्पर घुल-मिलकर रहेंगे और दिमागी गुलामी से भी आजाद हो जाएँगे।

—(भगत सिंह के संपूर्ण दस्तावेज, सामाजिक और राजनीतिक विषयों पर चिंतन, पृष्ठ-151)

* * *

स्वतंत्रता राष्ट्र का प्राण है।

—(भगत सिंह के संपूर्ण दस्तावेज, बम का दर्शन पृष्ठ-247)

* * *

स्वाधीनता

इनसान में पहले से ही अधिक-से-अधिक स्वाधीनता पाने की चाह रही है और बीच-बीच में पूर्ण स्वतंत्रता, जो कि अराजकतावादी आदर्श है, से मिलता-जुलता विचार प्रकट हुआ है।

—(भगत सिंह के संपूर्ण दस्तावेज अराजकतावाद-1, पृष्ठ-129)

* * *

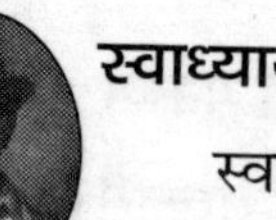

स्वाध्याय

स्वाध्याय का सर्वश्रेष्ठ भाग है-स्वयं कष्टों को सहना।

—*(भगत सिंह के संपूर्ण दस्तावेज, सुखदेव को भूख हड़ताल के दौरान एक पत्र, पृष्ठ-223)*

* * *

हिंसा

हिंसा तभी न्यायोचित है, जब किसी विकट आवश्यकता में उसका सहारा लिया जाए।

—*(भगत सिंह के संपूर्ण दस्तावेज, मैं नास्तिक क्यों हूँ ?, पृष्ठ-254)*

* * *

आक्रामक उद्देश्य से जब बल-प्रयोग होता है, उसे हिंसा कहते हैं।

—*(भगत सिंह के संपूर्ण दस्तावेज, बमकांड पर सेशन कोर्ट में बयान, पृष्ठ-183)*

* * *

हिंसा का अर्थ है—अन्याय के लिए किया गया बल-प्रयोग, परंतु क्रांतिकारियों का तो यह उद्देश्य नहीं है, दूसरी ओर अहिंसा का जो आम अर्थ समझा जाता है, वह है आत्मिक शक्ति का सिद्धांत। उसका उपयोग व्यक्तिगत तथा राष्ट्रीय अधिकारों को प्राप्त करने के लिए किया जाता है।

—*(भगत सिंह के संपूर्ण दस्तावेज, बम का दर्शन, पृष्ठ-240)*

* * *

हुकूमत

जो हुकूमत कमीनी हरकतों में आश्रय खोजती है, जो हुकूमत व्यक्ति के कुदरती अधिकार छीनती है, उसे जीवित रहने का कोई अधिकार नहीं है।

—(भगतसिंह के संपूर्ण दस्तावेज, बमकांड पर हाईकोर्ट में बयान, पृष्ठ-189)

□

प्रमुख तिथियाँ

1907—27 सितंबर को जन्म हुआ। उस समय उनके चाचा सरदार अजीत सिंह को लाला लाजपत राय के साथ किसान-आंदोलन का प्रतिनिधित्त्व करने पर अंग्रेज सरकार ने मांडले —(बर्मा) में निर्वासित कर रखा था। जनता के रोष के आगे झुकते हुए नवंबर, 1907 को उन्हें रिहा किया गया। पिता सरदार किशन सिंह को अंग्रेज सरकार ने नेपाल से पकड़ा था और छोड़ दिया था। सबसे छोटे चाचा सरदार स्वर्ण सिंह पर कई मुकदमे बनाए गए थे और वे जमानत पर रिहा हुए थे। इस सारी खुशी से दादी ने, भगत सिंह को 'भागाँवाला' मान लिया था।

1912—1912 के अंत में अमेरिका तथा कनाडा में रहनेवाले कुछ भारतीयों ने 'द हिंदू एसोसिएशन ऑफ द पेसिफिक कोस्ट' नामक संस्था की स्थापना की। हरदयाल तथा सोहन सिंह भाकना इस संगठन के अध्यक्ष तथा सचिव चुने गए।

1913—मार्च में 'द हिंदू एसोसिएशन ऑफ द पेसिफिक कोस्ट' ने सैन फ्रांसिस्को से 'गदर' नामक पत्र के प्रकाशन का फैसला किया। 'गदर' का पहला अंक एक नवंबर को प्रकाशित हुआ। पत्र के द्वारा

ब्रिटिश-विरोधी प्रचार की शुरुआत की गई। पत्र के नाम के कारण संघ का नाम 'गदर पार्टी' हो गया।

1914—अप्रैल में कामा-गाटा-मारू की घटना। 'गदर पार्टी' के अनेक कार्यकर्ता नवंबर में क्रांति में भाग लेने के उद्देश्य से पंजाब पहुँचे।

1915—'गदर पार्टी' के सक्रिय कार्यकर्ता करतार सिंह सराभा को फरवरी में पुलिस ने पकड़ लिया। 'लाहौर-षड्यंत्र' के अभियोग में उन्हें फाँसी की सजा दी गई। उनकी फाँसी का भगत सिंह के मन पर गहरा असर पड़ा।

1916-17—भगत सिंह ने अपने गाँव बगा में प्राइमरी शिक्षा पूरी करके लाहौर में दयानंद एंग्लो वैदिक स्कूल में दाखिला लिया।

1917—रूस की क्रांति। इस क्रांति ने भारतीय राष्ट्रवादियों विशेषकर क्रांतिकारियों पर विशेष प्रभाव डाला।

1918—22 फरवरी को भगत सिंह ने अपने दादा अर्जुन सिंह को पोस्टकार्ड लिखकर सूचित किया कि छठी कक्षा की परीक्षा में उनके अच्छे नंबर आए हैं।

—भारत सरकार ने क्रांति की गतिविधियों को दबाने के सुझाव प्रस्तुत करने के लिए सेडिशन कमेटी नियुक्त की। इस समिति के अध्यक्ष न्यायमूर्ति रौलेट थे।

1919—फरवरी में सेडिशन कमेटी की सिफारिश पर भारत सरकार ने इंपीरियल लेजिस्लेटिव कौंसिल में दो विधेयक पेश किए, जिसके अनुसार किसी भी संदिग्ध व्यक्ति को मुकदमा चलाए बिना जेल में रखा जा सकता था या गुप्त मुकदमे के बाद सजा दी जा सकती

थी। ये विधेयक 'रौलट-एक्ट' कहलाते थे।

—21 मार्च को 'रौलट-एक्ट' को पास कर दिया गया।

—30 मार्च और छह अप्रैल को 'रौलट-एक्ट' के विरोध में सारे पंजाब में हड़तालें हुईं।

—9 अप्रैल को अमृतसर के दो प्रमुख नेताओं, सत्यपाल और किचलू को गिरफ्तार कर लिया गया।

—11 अप्रैल को जनरल डायर ने पंजाब में मार्शल लॉ लगा दिया।

—13 अप्रैल को वैशाखी के दिन जनरल डायर ने निहत्थी और शांतिपूर्ण सभा पर अमृतसर के जलियाँवाला बाग में बिना कोई चेतावनी दिए गोली चला दी। सरकारी बयान के अनुसार इस हत्याकांड में चार सौ व्यक्ति मारे गए।

—दिसंबर में कांग्रेस ने पं. मोतीलाल नेहरू की अध्यक्षता में अमृतसर में अपना वार्षिक सम्मेलन किया।

1920—मई में पंजाब की घटनाओं के बारे में 'हंटर कमेटी' की रिपोर्ट प्रकाशित हुई। इस रिपोर्ट के अनुसार जनरल डायर दोषी नहीं था। चार से नौ सितंबर तक कलकत्ता में कांग्रेस का विशेष अधिवेशन हुआ। इस अधिवेशन में गांधीजी का अधिकांश असहयोग कार्यक्रम अपना लिया गया। भगत सिंह इस कार्यक्रम से प्रभावित हुए।

1921—अगस्त में भगत सिंह जब नौवीं कक्षा में थे तो उन्होंने डी.ए.वी.स्कूल छोड़ दिया और वे असहयोग आंदोलन में कूद पड़े। कुछ दिनों के बाद उन्होंने भाई परमानंद और लाला लाजपतराय द्वारा संचालित नेशनल कॉलेज में दाखिला लिया। 14 नवंबर को भगत सिंह ने एक पत्र में अपने परिवार वालों को प्रस्तावित रेल- हड़ताल की

सूचना दी। इस समय उनकी आयु चौदह वर्ष की थी। भगत सिंह ने गांधीजी द्वारा संचालित असहयोग-आंदोलन में भाग लिया था। फरवरी में चौरी-चौरा की घटना के कारण गांधीजी ने अचानक ही आंदोलन वापस ले लिया। भगत सिंह इस पर क्रुद्ध हुए और उनको गांधीजी की नेतृत्व में विश्वास नहीं रहा।

1922-23—भगत सिंह ने पंजाबी भाषा और लिपि के बारे में एक लेख लिखा।

1923—वर्ष के अंत में परिवार के लोगों ने भगत सिंह का विवाह तय कर दिया। इस निर्णय के विरोध में भगत सिंह घर छोड़कर कानपुर चले गए और क्रांति के मार्ग पर चलने का फैसला किया।

—कानपुर में भगत सिंह की मन्मंथनाथ गुप्त, शचींद्रनाथ सान्याल, जोगेश चंद्र चटर्जी, अजय कुमार घोष, बटुकेश्वर दत्त और विजय कुमार सिन्हा जैसे क्रांतिकारियों से भेंट हुई।

—भगत सिंह ने कानपुर में गणेश शंकर विद्यार्थी के 'प्रताप' अखबार में काम किया और इस दौरान उन्होंने मार्क्सवाद और समाजवाद के बारे में विशद् अध्ययन किया।

1924—10 अक्तूबर को क्रांतिकारियों ने शचीद्रनाथ सान्याल के नेतृत्व में कानपुर में 'हिंदुस्तान रिपब्लिकन एसोसिएशन' की स्थापना की। इस संघ का प्रमुख उद्‌देश्य सशस्त्र-क्रांति के द्वारा ब्रिटिश शासन का अंत करना और संघीय गणराज्य की स्थापना करना था। अक्तूबर में भगत सिंह ने गंगा और यमुना में बाढ़ आने पर जनता के लिए राहत कार्यों में भाग लिया।

1925—जनवरी में अपनी दादी की बीमारी का समाचार पाकर

गणेश शंकर विद्यार्थी के समझाने-बुझाने पर भगत सिंह लाहौर में अपने घर वापस लौट आए।

'हिंदुस्तान रिपब्लिक एसोसिएशन' ने घोषणा की कि वह ऐसी समस्त व्यवस्थाओं का अंत करना चाहता है जिनसे मनुष्य के द्वारा मनुष्य का शोषण हो। नौ अगस्त को रामप्रसाद बिस्मिल और उनके सहयोगियों ने काकोरी में रेल पर छापा मारकर सरकारी खजाना लूट लिया। नवंबर में भगत सिंह ने कानपुर जाकर रामप्रसाद बिस्मिल तथा उनके साथियों को जेल से भगाने की कोशिश की, लेकिन वे अपने प्रयास में सफल नहीं हुए। कुछ समय बाद बिस्मिल तथा उनके तीन साथियों को फाँसी पर लटका दिया गया।

1926—मार्च में भगत सिंह और उनके सहयोगियों भगवती चरण वर्मा, सुखदेव तथा यशपाल ने लाहौर में 'नौजवान भारत सभा' की स्थापना की। इस सभा का लक्ष्य तरुणों को राष्ट्र तथा मानवता की सेवा के लिए तैयार करना था।

1927—वर्ष के आरंभ में भगत सिंह ने सांप्रदायिक हिंसा की निंदा की और उसे बर्बरतापूर्ण बताया। अपने जीवन के अंतिम दिनों में लाला लाजपत राय सांप्रदायिक राजनीति के शिकार हो गए थे। भगत सिंह ने उनकी आलोचना की।

—मार्च की बैठक में बंगाल के एक प्रसिद्ध क्रांतिकारी भूपेंद्रनाथ दत्त ने पश्चिम के तरुण-आंदोलन पर एक व्याख्यान दिया। वर्ष के अंत में जयचंद्र विद्यालंकार की सिफारिश पर भगत सिंह को दिल्ली के एक दैनिक 'वीर अर्जुन' में नौकरी मिल गई। भगत सिंह ने इस पत्र में छह महीने काम किया। मई में भगत सिंह को लाहौर में गिरफ्तार

कर लिया गया और एक महीने तक जेल में रखा गया। उन्हें साठ हजार रुपए की जमानत पर छोड़ा गया। सितंबर में भगत सिंह फिरोजपुर गए, जहाँ उन्होंने अपने बाल और दाढ़ी साफ करा दी।

—मद्रास में कांग्रेस ने पूर्ण स्वतंत्रता की माँग को स्वीकार नहीं किया। उसका लक्ष्य 'डोमीनियन स्टेट्स' बना रहा। भगत सिंह और उनके साथी कांग्रेस की इस नीति से निराश हुए।

1928—मार्च में 'नौजवान भारत सभा' की एक बैठक में भारतीय साम्यवादी दल के एक प्रमुख नेता एस.ए.डाँगे ने भाग लिया। अप्रैल में 'नौजनान भारत सभा' के एक प्रमुख सदस्य केदारनाथ सहगल ने अपने एक भाषण में तरुणों को 'आर्म्स एक्ट' के विरोध में आंदोलन करने की सलाह दी। भगत सिंह के सुझाव पर 'कीर्ति किसान सभा' 'नौजवान भारत सभा' का एक संगठन मान लिया गया। जून में 'नौजवान भारत सभा' ने कांग्रेस द्वारा संचालित बारदोली आंदोलन का समर्थन किया। जुलाई में सभा के अध्यक्ष केदारनाथ सहगल ने एक लंबा वक्तव्य प्रकाशित किया, जिसमें सभा के भावी कार्यक्रम की जानकारी दी। अगस्त में 'नौजवान भारत सभा' तथा 'कीर्ति किसान पार्टी' ने संयुक्त रूप से 'रूस के मित्र' सप्ताह मनाया। भगत सिंह ने सोहन सिंह जोश द्वारा संपादित 'कीर्ति' नामक पत्रिका में उप-संपादक के रूप में कार्य किया। आठ अगस्त को दिल्ली के फिरोजशाह कोटला में क्रांतिकारियों की एक गुप्त बैठक हुई जिसमें भगत सिंह, राजगुरु, चंद्रशेखर आजाद, यशपाल, भगवतीचरण वर्मा, विजय कुमार सिन्हा, सुरेंद्र पांडे, जयदेव गुप्ता, ब्रहमदत्त मिश्र, शिव वर्मा और यतींद्रनाथ दास ने भाग लिया।

इस सभा में पार्टी का नाम बदलकर 'हिंदुस्तान सोशलिस्ट रिपब्लिकन एसोसिएशन' रख दिया गया। एसोसिएशन ने अपना एक सैनिक विभाग भी गठित किया, जिसके प्रधान सेनापति चंद्रशेखर आजाद थे। बैठक में तय किया गया कि काकोरी केस के मुखबिरों को मार डाला जाए, जोगेश चंद्र चटर्जी को जेल से छुड़ाने की कोशिश की जाए और साइमन-कमीशन का बहिष्कार किया जाए।

29 अक्तूबर को लाहौर में एक सभा हुई, जिसमें सभी राष्ट्रवादियों ने संयुक्त रूप से साइमन-कमीशन के विरोध में जुलूस निकालने का निर्णय किया। 30 अक्तूबर को लाहौर में लाला लाजपत राय के नेतृत्व में साइमन-कमीशन के विरोध में एक भारी जुलूस निकाला। स्काट नामक पुलिस अधिकारी ने भीड़ पर लाठीचार्ज किया। लाला लाजपत राय को विशेष रूप से निशाना बनाया गया। कुछ दिनों बाद 17 नवंबर को लाला लाजपत राय की मृत्यु का बदला लेने का निश्चय किया।

दिसंबर में हिंदुस्तान सोशलिस्ट रिपब्लिकन एसोसिएशन की बैठक हुई। बैठक में लाला लाजपत राय पर प्रहार करने वाले पुलिस अधिकारी स्कॉट की हत्या करने का निर्णय लिया गया। बैठक में भगत सिंह, राजगुरु, चंद्रशेखर आजाद और जयगोपाल को इस काम के लिए चुना गया। 17 दिसंबर को राजगुरु ने गलती से स्कॉट की जगह सांडर्स को गोली से मार डाला। 18 दिसंबर को भगत सिंह द्वारा लिखित एक पोस्टर लाहौर की दीवारों पर चिपका दिया गया। इस पोस्टर में कहा गया था कि सांडर्स की हत्या द्वारा लाला लाजपत राय की मृत्यु का बदला ले लिया गया है। भगत सिंह भगवतीचरण वर्मा की पत्नी दुर्गा

देवी तथा उनके तीन वर्षीय पुत्र शचींद्र को साथ लेकर लाहौर से कलकत्ता चले गए। भगत सिंह ने साहबी वेश धारण किया तथा दुर्गा देवी उनकी पत्नी बनकर कलकत्ता पहुँची।

1929—मार्च में आगरा में 'हिंदुस्तान सोशलिस्ट रिपब्लिकन एसोसिएशन' की बैठक हुई। बैठक में पहले यह तय हुआ कि बटुकेश्वर दत्त तथा रामसरन दास केंद्रीय असेंबली में बम फेंकेंगे। बाद में तय हुआ कि रामसरन दास की जगह भगत सिंह इस काम को करेंगे।

आठ अप्रैल को भगत सिंह और बटुकेश्वर दत्त ने दिल्ली की केंद्रीय विधानसभा में दो बम फेंके। इसके साथ ही उन्होंने कुछ परचें भी सभा-भवन में फेंके। ये परचें गुलाबी स्याही से लिखे गए थे। उनकी लिखावट उसी तरह की थी, जैसी सांडर्स की हत्या के अवसर पर बाँटे गए पर्चों की थी। इस आधार पर सरकार भगत सिंह तक पहुँचने में सफल हुई। बम-विस्फोट के तुरंत बाद दोनों क्रांतिकारियों को गिरफ्तार कर लिया गया। 15 अप्रैल को जयगोपाल को गिरफ्तार किया गया। उसने सांडर्स-हत्याकांड में भाग लिया था। वह जेल की यंत्रणाओं को नहीं सह पाया और पुलिस का मुखबिर बन गया। 22 अप्रैल को भगत सिंह ने जेल से अपने पिता को पत्र लिखा जिसमें उन्हें चिंता न करने का अनुरोध किया। साथ ही उनसे यह प्रार्थना की कि वे गीता-रहस्य, नेपोलियन की जीवनी तथा अंग्रेजी के कुछ अच्छे उपन्यास उनके पास भेज दें।

2 मई को हंसराज वोहरा को गिरफ्तार किया गया। दिल्ली असेंबली बम केस की सुनवाई 7 मई को शुरू हुई। ब्रिटिश न्यायाधीश पी.बी. पूल को आरोप दायर करने के लिए नियुक्त किया गया। ब्रिटिश सरकार

की ओर से राम बहादुर सत्यनारायण पब्लिक प्रोसिक्टयूटर थे। भगत सिंह और बटुकेश्वर दत्त की ओर से कांग्रेस के एक तरुण वकील आसफ अली ने मुकदमा लड़ा। जून के पहले सप्ताह में लाहौर के सेशन कोर्ट में भगत सिंह और बटुकेश्वर दत्त के विरुद्ध मुकदमा शुरू हुआ। 12 जून को सेशन जज ने अपना फैसला सुनाया। उसने दोनों अभियुक्तों को 'आजीवन देश निकाले' की सजा सुनाई। 15 जून को लाहौर की मियांवाली जेल में भगत सिंह ने भूख हड़ताल शुरू की। 17 जून को भगत सिंह ने मियांवाली जेल के सुपरिटेंडेंट के माध्यम से इंस्पेक्टर जनरल, पंजाब जेल्स के पास एक पत्र भेजा, जिसमें उससे माँग की कि उनके साथ एक अपराधी का-सा नहीं, बल्कि राजनीतिक कैदी का-सा व्यवहार किया जाए। जून के अंत में भगत सिंह को मियांवाली जेल से सेंट्रल जेल, लाहौर भेज दिया गया। पाँच जुलाई को जवाहर लाल नेहरू ने लाहौर के राजनीतिक बंदियों की भूख हड़ताल के बारे में चिंता व्यक्त की। भगत सिंह ने जब 15 जून को भूख हड़ताल आरंभ की थी, तब उनका वजन 133 पौंड था, लेकिन 9 जुलाई को उनका वजन घटकर 119 पौंड रह गया। 10 जुलाई को 'लाहौर षड्यंत्र कांड' की सुनवाई शुरू हुई। कुल 24 लोगों पर मुकदमा था। इनमें भगत सिंह भी थे। उन पर सांडर्स की हत्या करने, केंद्रीय विधानसभा में बम फेंकने तथा अन्य क्रांतिकारी गतिविधियों में भाग लेने का आरोप था।

12 जुलाई को कुछ अन्य बंदियों ने भूख हड़ताल आरंभ की। भूख हड़ताल करने वालों में यतींद्रनाथ दास भी शामिल थे। 24 जुलाई को भगत सिंह तथा बटुकेश्वर दत्त ने संयुक्त रूप से भारत सरकार के

गृह-सचिव को एक पत्र लिखा, जिसमें जेल अधिकारियों द्वारा अपने साथ किए गए दुर्व्यवहार की चर्चा की। अगस्त के आरंभ में जवाहर लाल नेहरू लाहौर आए और उन्होंने जेल में भगत सिंह और उनके साथियों से भेंट की। 6 और 9 अगस्त को पंजाब सरकार ने कैदियों को कुछ रियायतें देने की घोषणा की। लेकिन कैदी इन रियायतों से संतुष्ट नहीं हुए तथा भूख हड़ताल जारी रही। 2 सितंबर को 62 दिन की भूख हड़ताल के बाद यतींद्रनाथ दास की मृत्यु हो गई। 23 दिसंबर को वायसराय लार्ड हार्डिंग की ट्रेन पर बम फेंका गया।

1930—13 जनवरी को पंजाब हाईकोर्ट ने अपना फैसला सुनाया और सेशन जज के निर्णय को बहाल रखा। 28 मई को दुर्गा भाभी के पति भगवतीचरणजी की एक बम-दुर्घटना में मृत्यु हो गई। इस आघात के बाद भी दुर्गा भाभी ने क्रांतिकारी गतिविधियों में भाग लेना जारी रखा।

सितंबर में भगत सिंह के पिता सरदार किशन सिंह ने भगत सिंह के मुकदमे की सुनवाई करने वाले न्यायाधिकरण तथा वायसराय के नाम एक याचिका प्रस्तुत की। इस याचिका में कहा गया था कि भगत सिंह को अपना बचाव करने का मौका दिया जाना चाहिए। भगत सिंह ने अपने पिता की इस कारवाई का विरोध किया।

7 अक्तूबर को विशेष-न्यायाधिकरण ने अपना निर्णय सुनाया तथा भगत सिंह, सुखदेव और राजगुरु को फाँसी की सजा दी।

कमलनाथ तिवारी, विजय कुमार सिन्हा, जयदेव कपूर, शिव वर्मा, गया प्रसाद, किशोरी लाल और महावीर सिंह को 'आजीवन देश निकाले'

का दंड दिया गया। कुंदनलाल को सात वर्ष कठोर कारावास की तथा प्रेमदत्त को तीन वर्ष कठोर कारावास की सजा सुनाई गई। देशराज, यतींद्रनाथ सान्याल तथा अजय घोष को छोड़ दिया गया।

जिस समय भगत सिंह को फाँसी की सजा सुनाई गई, बटुकेश्वर दत्त मुलतान जेल में बंद थे। सेंट्रल जेल, लाहौर से भगत सिंह ने नवंबर में बटुकेश्वर दत्त को एक पत्र लिखा जिसमें उन्होंने कहा कि तुम जीवित रहोगे और तुम्हें जीवित रहकर दुनिया को यह दिखाना है कि क्रांतिकारी अपने आदर्शों के लिए केवल मर ही नहीं सकते, बल्कि जीवित रहकर हर मुसीबत का मुकाबला कर सकते हैं।

1931—भगत सिंह के निकट सहयोगी रामसरन दास ने 'ड्रीमलैंड' नामक एक काव्य पुस्तक लिखी थी। भगत सिंह ने 15 जनवरी को लाहौर केंद्रीय कारागार की फाँसी की कोठरी में बैठकर इस पुस्तक की भूमिका लिखी। भूमिका में उन्होंने हिंसा, अहिंसा, ईश्वर तथा धर्म जैसे महत्त्वपूर्ण प्रश्नों पर अपने विचार प्रकट किए।

भगत सिंह ने 2 फरवरी को अपनी काल कोठरी से युवकों के नाम संदेश भेजा कि हमें अपना आदर्श सदा अपने सामने रखना चाहिए। उनकी सीख थी, यदि आप सोलह आने के लिए लड़ रहे हैं और एक आना मिल जाता है, तो वह एक आना जेब में डालकर बाकी 15 आने के लिए फिर जंग छेड़ दीजिए।

17 फरवरी को महात्मा गांधी ने वायसराय लार्ड इर्विन से भगत सिंह की फाँसी के बारे में बात की और फाँसी टालने के लिए कहा। 4 मार्च को भगत सिंह के पिता सरदार किशन सिंह ने भगत सिंह को

बताया कि वायसराय उनकी फाँसी को टालने के लिए तैयार नहीं था। इसी दिन भगत सिंह ने अपने छोटे भाई कुलवीर सिंह को एक पत्र लिखा तथा उन्हें दिलासा दी। इसी दिन अपने दूसरे छोटे भाई कुलतार सिंह को अंतिम पत्र लिखा और उसमें ये पंक्तियाँ उद्धृत कीं—

उसे यह फिक्र है हरदम
नवा तर्जे जफा क्या है,
हमें यह शौक है देखें
सितम की इन्तहा क्या है
दहर से क्यों खफा रहें
चर्ख का क्यों गिला करें,
सारा जहाँ अदू सही,
आओ मुकाबला करें!

5 मार्च को दिल्ली में गांधी-इर्विन समझौते पर हस्ताक्षर हुए। समझौते में भगत सिंह की फाँसी को रद्द या स्थगित करने का कोई उल्लेख नहीं था। 7 मार्च को गांधीजी ने एक सार्वजनिक सभा में तरुणों से अपील की कि वे सरकार के साथ हुए [illegible]मझौते का सम्मान करें।

10 मार्च को इलाहाबाद की एक सार्वजनिक सभा में जवाहर लाल नेहरू ने भगत सिंह को छुड़ाने के संबंध में कांग्रेस, विशेषकर गांधीजी के प्रयत्नों की सराहना की और युवकों को शांति बनाए रखने के लिए कहा। 18 मार्च को पंजाब सरकार ने भारत को सूचना दी कि भगत सिंह, राजगुरु तथा सुखदेव को 23 मार्च को सायँ सात बजे फाँसी दे

दी जाएगी। गांधीजी ने 19 मार्च को वायसराय से फिर भेंट की और फाँसी की तारीख को बढ़ाने का अनुरोध किया। वायसराय ने गांधीजी की प्रार्थना को अस्वीकार कर दिया।

20 मार्च को कलकत्ता के मेयर ने भगत सिंह तथा उनके साथियों के प्राणदंड को बदलने की माँग की। इसी दिन दिल्ली की एक सार्वजनिक सभा में सुभाषचंद्र बोस ने आशंका व्यक्त की कि भगत सिंह के प्राणदंड से देश में आंदोलन उठ खड़ा होगा। बोस ने आयरलैंड के एक नेता सिओन माकेओन का उदाहरण दिया। लेकिन जब आयरलैंड की समस्या के बारे में शांतिपूर्ण वातावरण में बातचीत नहीं हो सकी, तब सिओन माकेओन को छोड़ दिया गया। 20 मार्च को भगत सिंह ने पंजाब के गवर्नर के नाम एक पत्र लिखा कि उन्हें फाँसी न दी जाए, बल्कि गोली से उड़ाया जाए। 21 मार्च को लाहौर के एक वकील राय बहादुर बद्री दास ने प्रिवी कौंसिल में अपील करने की अनुमति चाही। उन्होंने भगत सिंह के छोटे भाई कुलवीर सिंह की तरफ से अपील की कि भगत सिंह को न्यायालय में लाया जाए तथा उनका मामला कानून के अनुसार निपटाया जाए।

21 मार्च को गांधीजी ने एक संवाददाता सम्मेलन में कहा कि भगत सिंह के जीवन की बहुत कम आशा है। 22 मार्च को जेल में बंद कुछ क्रांतिकारियों ने भगत सिंह के पास चोरी से एक नोट भेजा कि यदि वे सहमत हों, तो उनकी प्राणरक्षा के उपाय किए जा सकते हैं। भगत सिंह ने मना कर दिया।

22 मार्च को महात्मा गांधी ने भगत सिंह के बारे में अंतिम पत्र लिखा। पत्र में गांधीजी ने लिखा कि भगत सिंह को फाँसी देने से देश

में अशांति फैलने की आशंका है। वायसराय ने गांधीजी का अनुरोध अस्वीकार कर दिया।

23 मार्च को शाम सात बजे भगत सिंह तथा उनके दोनों साथियों-राजगुरु तथा सुखदेव-को फाँसी दे दी गई तथा उनके शवों को चोरी से जलाकर रावी नदी में बहा दिया गया। सरकार की इस बर्बरता का सारे देश में विरोध हुआ।

□

संदर्भ ग्रंथ

1. भगत सिंह के संपूर्ण दस्तावेज–सं.चमन लाल, आधार प्रकाशन, पंचकूला—(हरियाणा)।
2. शहीद भगत सिंह: क्रांति के प्रयोग–कुलदीप नैयर, संवाद प्रकाशन, मेरठ।
3. सरदार भगत सिंह व्यक्ति और विचार–विश्व प्रकाश गुप्त, मोहिनी गुप्त, राधा पब्लिकेशंस, दिल्ली।
4. मृत्युंजय भगत सिंह–राजशेखर व्यास, ग्रंथ अकादमी, नई दिल्ली।
5. इनकलाब—मृणालिनी जोशी, प्रभात प्रकाशन, नई दिल्ली।
6. युगद्रष्टा भगत सिंह और उनके मृत्युंजय पुरखे–वीरेंद्र सिंधु, राजपाल एंड संस, नई दिल्ली।
7. भगत सिंह और स्वतंत्रता संग्राम–रघुवीर सिंह, राधा पब्लिकेशन्स नई दिल्ली।